❷ 神秘小狐仙

四海为仙

管平潮 ◎ 著

浙江文艺出版社
Zhejiang Literature & Art Publishing House

目录

第一章
神剑含灵，奇遇云中之君

张小言回到家中才发现自己慌乱之中捡到的棍子竟是一把宝剑。意外得了一把宝剑，他第二天一大早便兴冲冲地蘸水磨了起来，希望将它打磨得光鲜漂亮些，等到典当之时也能沾上个好价钱。

只是，让小言觉着有些奇怪的是，自个儿已经磨了好久，却只把长剑上沾着的泥迹草痕蹭去了，剑身黑中带灰的黯淡底色却始终看不出有啥明显变化。

又略略磨了一会儿，瞅瞅还是没啥起色，小言便心说罢了，反正这是白捡来的物事，胡乱当几个银钱算了。

要他说啊，这把宝剑看起来颇为古朴，说不定是啥宝贝古董。待下午拿到青蚨居让章老朝奉看了，运气好的话，说不定还能当得一二两白银。

于是，他便直起腰来，从屋里找来一块干燥麻布，将那段犹滴着水的剑身细细擦拭干净。又回屋里翻寻了一阵，找得一片破麻袋布，正好将这把剑裹上，又在外面略紧扎上几圈儿茅绳，便随手将它倚在门边土墙上。

打理完这一切，小言便去茅屋前不远处的一块石坪上，帮着娘亲翻晒家中积攒下来的几块鞣硝毛皮。毕竟自家鞣革硝石用得不甚多，若是长时间不拿出来晾晒,这毛皮十有八九便会被蠹虫蛀上几个窟窿。若是那样,整块皮子也就只能三文不值两文地胡乱卖了。

忙活了一阵子,又冲着自己那支玉笛神雪发了一阵子呆,便到了吃午饭的时候。

因为小言已经不常回来,小言娘便从墙上挂着的麂脯上割下一块松烟麂子熏肉来,切薄了给儿子下饭吃。

说起这麂子,因为机敏善逃,在陡峭山石之间奔纵跳梁,如履平地,于是饶州城郊的山民们便将麂子唤作"山羊"。若非下药或者埋兽夹,这"山羊"并不容易猎得。

吃完了饭,小言跟娘打了声招呼,兴冲冲上路赶回饶州城去了。

小言他爹老张头,一早便去附近山沟里打猎去了。小言离家走出没多远,便看到了山路旁一道深沟里他爹斜背着猎弓的身影,便冲着那儿喊了一嗓子。老张头听得是儿子呼喊,便回头冲着小言笑了笑,摇了摇手,又反身继续往灌木丛中钻去。

等小言赶到饶州城,日头已经略略偏西。小言不敢耽搁,赶紧往城中唯一的当铺青蚨居赶去。

按理说,一般当铺的招牌都会以"当"字结尾,但这青蚨居的老板章大掌柜,却偏偏羡慕那些士族风骨,遂别出心裁地将这店铺招牌以"居"字结束。说实话,在小言看来,这"青蚨"二字与那"居"字摆在一块,颇有些不伦不类。

不过,饶州城不甚大,反正就这一家当铺,年深日久地叫下来,大家都已经习惯了。说不定若章老板某日心血来潮,再将这铺名改回"青蚨当"去,大伙儿反而会觉得别扭不对劲。

说起来,这青蚨居的章老板也有些古怪脾气,天生不相信自己以外的任何人,前台雇用了别人当朝奉,若是高估了当物价钱,那可真是如剜了他的肉一般难受。

因此，有过一两次请外姓旁人做柜台朝奉，弄得自己成日里疑神疑鬼、坐卧不宁之后，章老板便亲自上阵，在柜台上当起了估当的朝奉。日子一久，别人对他也都一概以"章朝奉"相称了。

张小言对于章朝奉来说，也不是啥生客。见小言小哥儿今日背上斜背着一件物事，章朝奉便眉开眼笑地迎着少年说道："张家小哥儿啊，今日又有啥野物来当？"

原来，以往小言爹若有啥鲜活猎物几日都脱不了手，便由小言背来青蚨居，八九文地胡乱当了。毕竟那活物若是养在家中，徒费米粮，张家这小户人家可是靡费不起。章朝奉正巧好这一口山珍野货的鲜味，手头又吝惜着那几个银钱，因此两下一拍即合，章朝奉对前来典当野物的小言小哥儿向来是望眼欲穿。至于他心底里是不是常常祷祝小言爹爹卖不掉野物，那就不为外人所知了。

听得章朝奉问起，小言赶紧似献宝一样，将背后那个麻布包裹摘下来，小心翼翼地放到柜台上，夸赞道："章朝奉啊，今日我可不是来典当野物的。我昨日在我家马蹄山上，不小心挖出这个宝贝，便来典当！呃！您可别先忙着皱眉！这可是个古董呢！"

小言一边说着，一边郑重其事地开始解那麻布包裹。一边解，一边还说起了他家马蹄山那个天马蹄掌的典故，以证明他在那儿挖出的物事，极有可能便是古董宝贝。

章朝奉虽然刚开始听小言说不是来当野物的，颇有几分失望，但接下来听小言这一顿鼓吹，立时也来了兴趣。

于是他和旁边的客人、伙计们，全都目不转睛地盯着小言手中那个逐渐展开的包裹，想看看少年口中的古董到底是啥。

在所有人的企盼之中，那块破麻布包裹终于被全部扯开，露出了裹在当中的宝贝。

"啊呀?!"乍见麻布包裹之物，小言的夸耀声戛然而止，取而代之的却是一嗓子发自肺腑的惊叫！原来，那原本包在麻布之中的古拙宝剑，不知啥时变成了一根锈迹斑斑的烂铁条！

"哇哈哈哈!"那些充满期待等着瞧新鲜的围观人群，也看清了这根锈蚀极其严重、情状惨不忍睹的烂铁条，顿时爆发出一阵如雷般的哄笑声！

"咳！咳！我说小言小哥儿，你别逗我了！你这古董，哈哈，这'古'是很古，但恐怕离那宝贝啊，还差好大一截！哈哈！哈哈哈!"

这几句上气不接下气的话语，正是发自那位现在笑得已经有些喘不过气儿的章老头儿。

到底不愧是积年的当铺朝奉，虽然处在"极乐"之中，犹不忘给客人客观公正地评估这当物的价值。

"我看，张小哥儿啊，你这根'古铁条'，还是拿回家去捅灶膛吧。在老夫这儿，这物事一文钱都当不了!"

看来这章老头儿，是一点儿也不念及小言往日常廉价典当野物的情分！

"呃！咳咳!"现在已是满脸通红的小言，说话也有点不利索起来，"那个，章朝奉，能不能就胡乱给我当上几文？这、这原来真是一把宝剑啊！我也不知道咋会突然变成一根锈铁条!"

"哈哈哈!"小言这番语无伦次的话，又引来看客们的一阵哄笑。

"小哥儿你还是请回吧！下次还是拿点新鲜野物来典当才是正经，别再拿我这小老儿开涮了。方才老夫差点没笑岔了气去！你快把这铁条收好，慢走！

"下一个——"

听得章朝奉那拖得老长的尾音，一头雾水的小言也知道今日事不可为，只好胡乱将那段锈铁条包裹了，在满堂嗤笑声中落荒而逃！

在赶往花月楼的途中，颇觉羞辱的小言一脑子狐疑："咋、咋会这样呢？难不成是我上午磨剑时沾了水，它下午便锈了？不可能！磨完后我可是擦拭干净了的。况且即使没擦干净，只过这一下午的时间，也没可能锈得似这般厉害吧？"

"对啦！"小言似乎想到了什么，"按说再怎么锈，也总不会从一把剑变成一根烂铁条吧?！莫不是被别人暗中掉了包?！"

虽然小言也没觉着路途上有啥怪异，但思来想去，恐怕也只有这个解释能够说得通。

想到这儿，一直疑神疑鬼的小言忍不住停下脚步，将手中提着的麻布包裹扯开。他想看看这根烂铁条，是否还有啥利用价值，若实在无用，还不如趁现在就顺手扔掉，省得提在手里还怪沉的。

"呀！"这一看不要紧，小言当即呆若木鸡！

也难怪小言扯开包裹之后如此大惊失色。原来，躺在麻布包裹之中的，赫然便是上午那把他磨了许久的旧铁剑！

原本毫不起眼的旧剑，此时却比世上任何神兵利器更能让小言震惊失色。他当即如遭雷劈，愣在当场，连手中的麻袋布滑落到地上也不自知。

"怪了！怪了！"发了好一会儿呆，小言才渐渐回过神来。

"莫非，方才仓促间拿错了包裹？

"不对不对！我清楚记得那时柜台上，除了自己那根莫名其妙得来的烂铁条，就没有旁物了。

"又或者，当初做下那掉包勾当的贼人，之后觉着做了亏本买卖，竟是心中懊悔，便又趁我不注意，将他自个儿那根铁条又换了回去？

第一章　神剑含灵，奇遇云中之君

005

"呃，这似乎更不对了。虽然我这旧剑也不值啥钱，却总比那根一文不值的烂铁条要强许多吧？

"难道是……"

猛然间，小言似乎想到另一种可能，脸色剧变。只不过，稍停了一下，他便又神色如常：

"这个，也太匪夷所思了些……更是不可能吧！

"得，还是不要再胡思乱想了，加紧赶路才是正经！呵呵！"

于是，小言便弯腰拾起那块破麻布，重又将长剑裹好，抱在手中往花月楼方向赶去。

走了一会儿，小言忽然自言自语起来："唉，说起来，这把旧剑样式倒还不错，只可惜没被开过锋。看我今日磨得那般辛苦，想来这剑开锋也属不易。说不定它根本开不了锋，所以当年才被主人遗弃的吧？！呵呵，呵呵呵！"

笑了几声，觉得自己的推测颇有道理的小言，又继续自言自语道："想这剑不能开锋，只能算一块板尺，不如待我回到花月楼，随便找个小厮送了玩耍，也算得个人情；若是实在无人肯要，随手丢了便是。"

说罢，小言便打定了主意，加快脚步朝前赶去。

走出数步，经过一僻静无人处时，他却蓦地停了下来。深吸了一口气，定了定神，小言遽然伸手，将那麻袋裹布奋力一扯。

只见在西边残阳的映照下，他手中那把原本扁钝的古剑，已然生出了两抹寒锋！如霜华的锋刃，经夕阳一照，竟是华光烁烁，便如两泓冷冷的秋水，映衬着已然古旧的剑身，越发显得流光潋滟。霜刃如镜，正照出小言那双明净澄澈的眼睛。

对这奇异景象，虽然小言已做好思想准备，乍见之下还是颇为震惊。

只是，片刻之后，小言便又回复了冷静。毕竟，短短两日下来，小言已经历了许多古怪，现在倒真有几分见怪不怪了。

"惭愧！原来我无意中拾来的这把旧剑，真是个通灵的宝物！"

任谁凭空得了一稀奇物事，都不免欢欣鼓舞，更何况小言这个少年！待他想通其中关节之后，顿时便欣喜若狂，直在那儿手之舞之，足之蹈之，着实高兴得紧！

正当小言乐不可支、有些忘乎所以之际，忽听得耳边有人高呼一声："小言小哥儿！不知又是明悟何理，竟至如此乐而忘形？"

正喜难自抑的小言，闻声赶紧回头观看："呀！却原来是老丈您啊！"

原来，呼喝之人，褐衣芒履，乌发慈颜，正是那位多日未见的老丈云中君！

"呵！那日多蒙老丈赠我笛谱，才让我谋得一份衣食。这份情，小子时常牵挂在心……"

"些许小惠，何足挂齿！今日我前来却不为别的，正是要跟小哥儿道贺！"云中君截住小言的话头。

"跟我道贺？"小言疑惑道。他心说："难道老丈这么快便知我得宝之事？不至于这么快吧？"

只见云中君嘿然一笑道："正是！"

"却不知老丈贺我何事？"小言恭谨地问道。

"哈！你这少年，却也来老夫面前装懵懂，还喊啥'老丈'？今后咱便要以'道友'相称啦！"

正在倾听的小言，闻得此语，却还是一头雾水，不明所以。

只听云中君继续说道："今日我来便是要恭喜小哥，小小年纪，却已得窥天道，吹全那仙家异曲！"

直到此时，小言才有点明白过来：想必老丈云中君，已经知晓昨日自己用那太华道力吹出了异曲《水龙吟》之事。

听得自己素来崇敬的云中君如此赞许，小言也有些沾沾自喜。当下想要谦恭作答，竟不知如何开口。他自称的太华道力，显然是不好意思说出口的。于是，小言只好似那所有听得长辈赞许的憨实少年，讷讷无言，只在那儿不住傻笑。

"看来，我那神雪玉笛、《水龙吟》，确是赠给了有缘之人。啊！"云中君好似突然想到什么，一拍脑袋，"差点忘了今日来最最重要的事！"

"嗯？啥事？"小言问道。

"若是不提神雪，我倒差点忘了这茬儿，呵呵。"云中君有些尴尬地笑道。

"啊！老丈您说到这玉笛神雪，我也正有一事相告！"提到笛子，小言立马便想起那个刁蛮的女孩。

"嗯？是不是有人找你索笛？还是个小女娃儿？"说这话时，云中君似乎有些紧张。

"呀，正是！老丈您真是料事如神。嗯？"小言说到这儿，似乎也觉察出有啥不对，迟疑了一下，问道，"难道……那女孩真是这玉笛的原主？"

"呃！非也非也！这玉笛真正的原主确实是我。只不过，最近几年，把玉笛常放在我孙女灵漪儿那里，给她赏玩而已，呵！"

机敏的小言看得出来，眼前这位老丈云中君说这话时底气不是很足。

"哦。原来是您孙女啊。您说得也颇有道理，只是……我看我还是把笛子交还给您孙女吧！"

"咄！我云中君送出的东西，岂会再行要回？此话休得再提。我今儿个来，不是索笛，而是另有一事相求。"

"啥事？"小言心下疑惑，不知云中君还有何事要仰仗于他。

"呵呵,今儿个前来,只求小哥儿替我遮掩件事。我家那女娃儿脾气颇为古怪,若让她知晓,是我将她的物事随便送人,定要跟我——咳咳,虽只是不住啼哭,却也烦人得紧。"说到此处,云中君却是下意识将了将自己下巴上的胡须。

"哈!原来是这事!小事一桩!包在我身上,待您孙女问起,我便说……我便说您与我爹拼酒,拿这笛子做彩头,却不防我爹爹酒量过人,您不慎输了那局,老丈是守信之人,岂会食言?于是这笛子便到了我的手中……您看这说法如何?"

"妙哉!妙哉!情理兼备!若拿这话堵那丫头,定落得风平浪静!到底是年轻人脑筋转得快,真是替老夫解决了大困难啊!"

正自欢欣鼓舞的云中君,突然发觉自己有些说漏了嘴,不禁颇觉尴尬,赶紧噤声。停了半晌,才有些迟疑地问道:"我那女娃儿,没有难为小哥儿啥吧?如有失礼之处,还请小哥儿多多担待!"

"没、没有!要说啊,您家孙女长得可真俊,模样秀美无双,世间少有啊!"乖巧的小言此时对云中君孙女的性情避而不谈,满口只夸她容貌。

只是,说这话时,小言的脑海里还是无可避免地浮现出女孩种种刁蛮情状。

"哈哈!哈哈哈!小言小哥儿过奖了!过奖了!我那小丫头,模样只还过得去而已!"

正如天下所有爱怜儿女的父母长辈一样,云中君一听小言夸赞他的孙女,顿时笑得合不拢嘴!虽然他嘴里还记得谦让,可小言一瞧他那眉开眼笑的模样,便知云中君心里定是乐开了花!

稍停了一下,小言又小心翼翼地问道:"老丈,我这玉笛神雪,既然原是您孙女心爱之物,依我看来,还是归还给她才好。"

　　"嗯?"见小言还是坚持要还笛子,云中君倒是颇为惊讶,当即也不答话。只见他闭目沉思了片刻,便睁眼笑道:"呵呵,恐怕小哥还不知道,这天下宝器,皆有灵性,自会寻那有缘之人。若是无缘,求之不得;若是有缘,扔也扔不掉。依老夫看啊,这神雪玉笛正与你有缘,怕是一时还不回去啰!"

第二章
一拖空明，龙女灵漪初现

小言听得云中君那句"天下宝器，皆有灵性"，倒是心中一动，说道："老丈所言甚是，我受教了。今日我正有一物要向老丈讨教。"

说罢，小言便将手中那把仍半裹在麻布片中的古怪铁剑呈示给云中君，道："老丈，这把剑是我昨夜在马蹄山上无意中拾得的。这剑似乎有些古怪，还请老丈慧眼一观，明示在下！"

云中君见小言郑重其事，便眯眼细细端详了这剑一番。

在小言期盼的目光中，他半晌才喃喃说道："此物好像是把剑。"

"呃？"这话说得……还是且听下文吧。

"好像是，却又好像不是。剑是剑，剑非剑，似是而非，只在两可之间。怪哉！这物事，老朽竟也看不太懂，看来应非俗物。小言，你还是将它好生保管，说不定将来可堪大用。"

云中君这番含糊其词的评鉴，小言听起来如在半山云雾之中，颇有些摸不着头脑。

不过还好，好歹得知这把剑并非寻常物事，既然云中君都这么说了，那一定是要好好收藏的。

只不过,云中君接下来的一番感叹,却如给正自快活的小言浇了一瓢凉水:"不对不对! 可惜可惜! 观此剑锋刃光明雪亮的模样,想来即便为神器,也非上品。须知那神物有灵,定知自晦;瞧这锋芒毕露的情态,却也只能是寻常利器了……"

乍听这转折话语,小言不免有些沮丧,但转念一想,却又释然,甚至还有些欣欣之意:"嘻! 老丈这话却也有些不通之处。想来这剑除了锋利,还能有啥其他好处?! 光明雪亮,哈哈! 不错不错! 如此正好!"

不提小言在那儿暗自得意,且说云中君品鉴完毕,便将剑往小言手中一塞,道了声"我去也",竟就此飘然而去……

云中君倏然而来,倏然而往,几分洒脱出尘之意,凌然于物表。只是,在他那洒脱身影的背后,却留下小言气急败坏的呼喊:"老丈等等啊! 您忘了告诉我您家住哪儿啦! 我好去还笛啊!"

辞别了云中君,小言只得继续往花月楼赶去。

一路无事,他便不住回想方才异人云中君所说的话。就这么走着想着,忽地小言好似突然想到了什么,心中不禁大呼不妙,赶紧将手中裹剑的麻布片再次扯开,果然不出他所料,那把原本已是光华烁烁的宝剑,此刻却又回复了原态,成了一段黯淡无光的旧板尺! 更糟糕的是,此后任凭小言如何诚心呼唤,那剑却只是锋芒不露!

"罢了罢了,想不到这剑竟如此自尊! 原本还可拿它砍竹削梨,剥剥兽皮,这下可好,以后真个只能拿它当棍耍了!"小言不住地哀叹。

"唉,算啦,反正也是白捡来的。"小言一路安慰着自己,不知不觉回到了花月楼。

已打定主意还笛的小言,却不再见那女孩前来索要。当时又忘了问云中君家居何处,也不好登门拜访。不过这样也好,虽说小言因其自幼朴实的家教,深知非己之物不可妄取的道理,才这般打定主意坚持要还笛,但实际上,他与玉笛神雪相伴日久,如今一朝要归还,竟还真有些舍不得。

忙时便来吹曲,闲暇便去游玩,日子就这样悠悠地逝去。

现在,张小言不仅是乐工,还是花月楼的护院。这一晚,他在花月楼后院中巡查。

其实一般也没什么事情。此时的夜空中,那轮月亮正从流云堆里钻出来,将一片清冷的月华,毫不吝惜地洒落在饶州大地上,正在院中漫步的少年身上似乎也被涂上了一层淡淡的银辉。

只可惜,这片清静的景象,并未能持续多久。正志得意满的小言,还没走几步,便哎呀一声惊呼脱口而出。

小言可以肯定,刚才的的确确有谁在他头上突地敲了一记!

小言也是机敏异常,几乎在惊呼出口的同时,便猛地一个转身,凝目朝身后四周扫去。

除了月亮将清光静静地洒落下来,这个秋夜小院中空空落落,半个人影也没有!

"苦也!怕是又遇上妖怪了!"

才刚刚定下心来的小言,遇着这古怪事,心中又开始惊惶不定起来。正所谓"一朝被蛇咬,十年怕井绳",上次自己和清河老道降伏祝宅凳妖的惨状,至今仍是历历在目,令他心有余悸!

"逃?"这是小言第一个反应。

"不行。"马上否决。

"这妖怪行路无影,飘忽无常,我只用这爹娘生的两条腿,肯定跑不过它。不如……便如此吧!"

经过几番历练,小言现在也着实机敏,心念急转之间,立马便有了主意。

他又想起一事：唉，我背上这把刚得来的钝剑，似乎也非凡铁，但居然一直啥动静也没有！看来，恐怕也算不得啥好宝贝了。

忍不住想起往日看的那些"宝剑遇妖示警"的志怪故事，此时小言心下不免有些抱怨。

"且顾不得这许多，还是全力施展自己的擒妖道法吧。成败就在此一举了！"

只见小言不动声色，在花园的青草小路上，又似若无其事地走了几步，然后忽然加快脚步，往院子外面走去。

就在这时，六识敏锐的小言猛然间察觉出身后有一丝风声袭来。说时迟那时快，小言立时身如电转，双臂突然伸展，如戟如钳，当即将隐身的"妖怪"死死抱住！

"小妖怪，哪里走！"小言一声低吼，便将锁在怀中的"妖怪"死死按倒在花圃草坪上！

"呀！"耳畔传来一声惊唤。

"好你个妖物，还敢喊叫！让你尝尝我太华道力的厉害！"

虽扑捕成功，但小言丝毫不敢懈怠，心里一直惦念着上次榆木凳妖的凶猛，赶紧按照上次在马蹄山上悟得的法门，将自己身体里那股太华道力尽力唤了出来！

"多丑的妖怪我都不怕……"小言嘴里嘀嘀咕咕，不停给自己打气。他觉得还是尽量做好思想准备为妙，若是妖物实在丑陋不堪，自己也不至于一下子惊得撒手，功亏一篑，反让它来害了自己。

哈！这太华道力果然威力不凡，刚一使出，极力偏着头的小言，便见自己身前被紧紧压住的妖物，在月光中渐渐现出了原形。

"哎呀！怎么是你？！"

原来在皎洁的月辉下，一张明媚娇妍的羞颜悄悄浮现出来……正是：

水月无痕浸小楼，
悄指触冰瓯。
片语绘来清倩影，
浣尽忧愁。

回首处，
霜纨印月水凝眸。
意本陋质却温柔，
转身抱成双羞。

也许是眼前的景象，和预想中青面獠牙的妖容相去太远，小言一见女孩娇憨俏丽的模样，一下子便愣在了当场，一时竟忘了松手——

说起来，刁蛮女孩灵漪儿向来都惯于颐指气使，一呼百应，可谓天不怕地不怕。可现在被莽撞少年压在身下，却完全忘了呵斥，只在那里羞得满面通红，说不出半句话来。

幸好过了没多久，小言终于反应过来，赶忙松开双臂，一下子便站起身来。

慌乱之中，他打量了一眼仍然仰面蜷卧在地上的女孩："苦也！怎么又是她？真想不到她还会这隐身法！"

小言心中又惊又奇。

只是不管怎么说，总是他先将人家扑倒的。想到此处，小言赶紧俯身向前，将手伸向那女孩，便要将兀自还在地上的灵漪儿拉起来。

不料,大出小言意料的是,在他手刚伸到一半时,却见地上状若睡着的女孩,竟是一弹而起,急急避到几步之外。

原来,素来言行无忌的灵漪儿,现下胸中正如有只小鹿在那儿乱撞,心儿怦怦跳个不住。见小言又伸手过来,小姑娘立时觉得一阵心慌意乱,也不知从哪儿冒出的一股力气,遂从地上一跃而起,闪躲到一旁。

现在,已近深夜,四处杳无人语。楼上原本亮着的几点灯光,也全都熄掉了。一阵夜风拂来,吹得满地秋叶籁籁作响。

被带些寒意的秋风一吹,小言总算完全回过神来。想想刚才的事,他心中不禁叫苦连天:"晦气晦气! 真个冤家路窄! 如何让我偏偏又冲撞上她?!"

在小言想来,按以往几次的经验,女孩今日被他如此冒犯,定会变本加厉,对他更加不依不饶。

想到此处,小言不禁一脸苦笑,嘴里却用自己最诚恳的语气向犹自避在一旁的女孩道歉:"实在对不住,刚才真没瞧清楚是你,所以……刚才压着你哪儿没有? 痛不痛呀?"

真是哪壶不开提哪壶! 灵漪儿闻听此言,更是羞赧难当,只在那儿俯首不语。

小言哪晓得女孩的心思,见这个素来蛮缠的女孩今日竟在那里不说话,心下大奇。

灵漪儿越是这样,小言心里越是不踏实。

"嗯? 对啦,"小言似乎突然想起来啥,"眼前这个蛮缠女孩,不正是云中君老丈的孙女吗?"

想起自个儿与这丫头的爷爷关系还算不错,小言顿时来了精神,赶紧跟眼前的女孩猛套近乎:"呀! 想起来了,原来你就是那位德高望重的云中君老丈的孙女。啧啧,我对你可是久闻大名啊,怪不得他总在我面前夸你,说他这乖孙女又聪明又伶俐,长得还挺俊。今日这一见,果然不假,货真价实啦。"

"尽瞎说!"这时灵漪儿已缓过劲儿来,见小言极力哄自己开心,却说得语无伦次,忍不住发话,"什么货真价实呀! 还童叟无欺呢! 这是把我当货物吗?"

"呵呵! 姑娘教训得是! 是我比喻不当、比喻不当!"见这个难缠的女孩终于搭腔,小言顿时大松一口气,赶紧顺杆儿往上爬,"是我笨,不晓得说话,又如何能把姑娘这琼葩玉蕊般的好人儿,比作那寻常的货物。不过姑娘一定得相信我,你爷爷确实夸过你好看! 不信你回去问问⋯⋯"

小言也是个机灵鬼,为哄得女孩开心,不再怪责他,当下是好话如潮,并不吝惜言语。反正也不怕小姑娘回去问,即使问了,云中君又如何会驳他的话,对自己的孙女说她不好看?

好话说尽之时,借着月亮的清光,小言偷偷打量了面前的女孩一眼,见她脸上正挂着一丝盈盈的笑意,不由得心下大安。

"呵呵! 其实仔细瞅瞅,这姑娘还真是挺好看的!"

月光中,灵漪儿长身玉立,生得骨肉亭匀,玲珑有致;素洁的月华,映照在那张线条柔媚的俏靥上,越发显得她流光动人,不可方物。

如果说,小盈是空谷仙苗,这灵漪儿便是晓日芙蕖。

愣了片刻,小言又想起方才的事,不禁赞道:"姑娘果然不愧是云中君的孙女,居然会用这样神妙的隐身法术! 我实在是佩服得五体投地!"

小言这声称赞,倒说得真心诚意,发自肺腑。

说起来,虽然也跟着清河老道做过不少法事,但这等玄妙的法术,小言还是第一次亲眼见到,自然觉着无比神奇。

"开眼界了吧?"灵漪儿见小言忽然这般恭谨,也觉得好生有趣,便跟他打趣道，"不过任我这隐身法术再是高明，却还是敌不过咱们张大侠客的……"

刚说到这儿，灵漪儿忽地止住不语。原来，她又想起方才的场景，那丝早已褪去的红霞不免又燃上了脸颊。

"呵呵，呵呵！"

小言闻言会意，却不便答话，只好在那儿呵呵傻笑。想想自己方才那番举动，对这女孩家而言，着实算是非常无礼。

过了会儿，他忽然心里一动，便说道："对了，有件事想跟你说明一下。"

"什么事？"见小言如此郑重其事，灵漪儿倒有些诧异。

"既然姑娘是云中君老丈的孙女，想来在我这儿的玉笛神雪，本应是姑娘之物吧？原本我确实不知此节，跟姑娘闹出不少误会，实在抱歉得很，还望姑娘原谅我。"

"哼哼！现在知道是谁不讲道理了吧？"这话听起来是在责怪，内里却颇含委屈。

"都怪我以前不知内情。不如这样，你在这儿稍等片刻，待我回房取了那笛子来，归还给姑娘，也算是物归原主。"张小言说道。

这些天来，小言与那玉笛神雪朝夕相伴，此时想到便要分离，心里还是万般难舍。但他内里还是个朴实的山野少年，在山里人淳朴敦厚之风的熏陶下，深信一物不可妄取的道理。现在既然笛子遇得原主，也应该将它完璧归赵了。

"……"

奇怪的是，还笛之人如此爽快，笛子原主却不知怎的踌躇起来。

小言见灵漪儿轻咬着嘴唇不搭话，倒是有些糊涂："这姑娘几番折腾，不是一心想要索回她那支玉笛吗？怎么现下却只不答话。难不成是不相信我?"

小言刚要开口打消女孩的疑虑,却听灵漪儿轻轻说道:"现在天色这么晚了,这风吹得身上也有些寒凉,今儿个我还是先回去歇下吧……"

"唔?那我啥时还你笛子?"看来,小言已是铁了心要把笛子还掉。

"……"灵漪儿心说,"看不出,这个口齿伶俐、行事不拘小节的少年,竟然还是个实心眼儿。"

"嗯,也不急于这一时!好吧,为了表示你还笛的诚意,那你下次带上那玉笛神雪,亲自送过来还我吧!"

"没问题!只不过,我还不知道贵府坐落何处呢。"

"很好找的。我家就在鄱阳湖附近。你还像上次那样,在鄱阳湖边吹上一曲,我听到了,自会出来寻你!"

"好!那就说定了。"

"嗯。"

虽然与灵漪儿约定要去还笛,小言倒不着急。因为过不了几天,便又是一个比较特别的日子了。

以前,除了逢年过节,所有的时间对小言来说,都几乎没啥区别——除了发工钱的日子,但现在似乎有些不同了。自从与小盈相识,小言便觉着每月中又多出了比较特别的一天。

再过几日,与小盈相识便满两个月了。小言打定主意,到那时再去还笛,顺便看一眼常在梦中出现的鄱阳湖烟水。

偶尔想起来,小言却觉得自己这样有些可笑:"呵!我啥时也变得这般多愁善感了呢?"

对于这管玉笛,虽说小言那晚慨然应允要将它归还,但毕竟还是有些恋恋不舍。与笛子相伴了这么多时日，这支玲珑可爱的玉笛神雪，对小言来说，已经不仅仅只是个谋生的工具。这支笛子，现下好似小言的一位朋友一样。

虽然笛子即将归还，但花月楼这个工作还是要做的。小言得空，便去乐器铺子里转了一遭，左挑右拣一番，花了些银钱，买回一支还算不错的竹笛。

现在的小言，对笛子已经很熟悉了。他知道，在挑拣时不光要看竹笛的材质，看它是否是特地贮存很久的那种竹材所制，往往还要在平处滚动一番，看这竹管是否圆直。可别小看这些细枝末节，在小言这些靠笛子讨生活的行家眼里，往往便是这样的细微之处，决定了一支笛子吹起来是省力还是费力，音色是好听还是难听。

话说这日下午，奏过几支乐曲，小言终于准备去给灵漪儿还笛了。

照例跟花月楼的夏姨请过假，小言将玉笛神雪别在腰间，准备出发。当然，自个儿平日攒下来的那些工钱，照例都要揣在身上一起带走的。

小言此举倒非小气。也许这些银钱对那些有钱之人而言，实在是不值一提，但对于小言这样的贫苦少年来说，三四两银子已是很大的数目了。因此，无论去哪儿闲逛，这几锭散碎银钱，小言向来都是珍重再三，随身携带的。

趁太阳还没下山，小言抓紧时间上路。所有东西都带齐了，只有那把铁剑被主人忘却，委屈地斜靠在小言屋中墙根上。

小言刚刚上路不久，发生了一件事，颇让他受了一场惊吓。正在他闷头赶路之时，却发觉脚下的大地突然之间摇动起来！自己一双脚，便似踩在了棉花堆上。

刚开始时，小言还以为这是自己的错觉。可走了几步，就发现脚底下的土路确实是在颤动。

"呀！地震了！"

越往东行，小言便觉得这地晃得越厉害，自己身子便似在那儿不由自主地被人摇摆。

"怪哉！咋好好的这地便摇震起来？"

在小言的记忆中，他似乎还从未遇到过地震。因此，初时吃惊之后，他倒是觉得这事颇为新鲜，当下便站在那里不动，感受这无风自动的奇妙感觉。

"呵！还蛮好玩的！"

只可惜，还没等他怎么过足瘾，过了一小会儿，土路便不再摇动了。小言不甘心，又等了一阵子，却再也不见丝毫动静。

见地不再晃动，小言倒颇有些悻悻然，只好继续专心赶路。

虽然鄱阳湖离饶州城着实不近，但小言现在脚下步履颇快，一路脚不停步，倒没有用多大工夫，便在日头刚刚沉落西山之时赶到了鄱阳湖边。

到了鄱阳湖，小言没有着急高吹笛曲，将索笛的小姑娘忙着招呼过来。

好不容易来趟鄱阳湖，小言自有他的打算。

"云中君的孙女，几次见她都在夜里，现在天色还早，我倒不必着急寻有人家的地方吹笛惊动她。"这么想着，小言便沿着鄱阳湖岸一路迤逦，向当初与小盈言笑晏晏之处走去。

虽然中间只相隔了两个月，但对小言来说，那几日的相伴，却似乎已过去了漫长的时光。

又来到那块湖石旁边，小言对着小盈曾经坐过的顽石出了一阵子神。虽然，小言明白自己身份低微，又与小盈相隔千里，几无相见之机，但自与小盈在那场风波之中生死与共，小言便知道，他已经和小盈结下了深厚的友谊。

"这管神雪玉笛，明日便再也不是我的了，还是拿它再吹最后一次吧。"

这般想着,小言便抽出别在腰间的玉笛,小心擦拭了几下,放到唇边,吹奏起来。

一缕清扬的笛音,便在鄱阳水湄翩然而起。

这时日头已落在西山之下,一轮明月正悬挂在东边的天上,将千里清辉洒在波光万顷的鄱阳湖水面。

月亮的清光与水天相接,映得青天如洗,明湖如镜。纯净的夜空中,只飘着数缕纤云,在极西之处,仍有几缕彤霞,鲜明如染。

水面偶有风来,便吹得月影如潮,一抹微云绕着远处晚归的渔帆,正闻得笛歌隐隐。小言这缕寄托着思念怀想之意的笛声,便在这样的水月烟霞之间摇曳、飘飞。

对于曾奏出奇曲《水龙吟》的小言而言,现在他已经不再拘泥于一曲一谱、一声一调了。面对着涵澹辽阔的湖天云水,他只是随心所欲地奏着。心之所至,音之所至。所有的音调节拍,都是随心而发,却又自合音律,自有一股天然的韵致。

这缕实为心声的清籁,随着晚风的轻卷,掠过湖边、绕上云巅。那一刻,小言所有刻骨铭心的回想与遐思、所有的空灵与澄澈,俱在鄱阳湖寂静的夜空中飞扬,飘舞。

正是:

秋水长天,卷流霞于一幅;

明沙碧岸,飞清冽之霜笛。

第三章
笛歌唱晚，神女生涯如梦

　　正当小言将整个身心都融入到自己笛声中去之时，却不知道，在离他不远处的水面上，在月光映照下波光潋滟的湖水之中，正有一位韶致嫣然的白衣少女沐浴着满身的月华，从一泓冷冷的秋水之中冉冉升起。

　　这位恍若水中仙子般的少女不是别人，正是那位数度与小言接触的女孩灵漪儿。

　　只见她踏着水面的波纹，来到湖岸之上。然后，便静静地站在小言身旁，默默地听他用心吹奏笛曲。

　　小言正全身心地投入到玉笛笛曲之中，虽然他那奇妙的感觉告诉他，那个女孩已经到来，但他已入此中之境，还是不愿停下口中的笛曲。

　　空明而又清灵的乐音，仍然流水般地从玉笛神雪的音孔中流淌而出，飘荡在面前的青天云水之间。

　　出奇的是，原本一见小言便惯于喧闹的灵漪儿，此刻却没有出声惊扰小言。

　　又听了一阵，已经换成一身素洁宫装的女孩衣袖轻挥，带飘于左右，缓步来到水泜岸边，低头默念数语，再将玉手一招——

却见波光微潋的湖水之上，蓦然立起数根水柱，在灵漪儿低语之下，竟渐渐凝成一把弦柱俱备的凤首箜篌。

在月华清辉的映照下，这把用秋水凝成的箜篌弦上，流动着点点明澈的光华，望去真是如真如幻，如梦如烟。

灵漪儿轻轻擎住这把水箜篌，玉指拈作兰花，在秋水之弦上拂过。

一阵清泉般叮咚玲珑之声，悠然响起。

这缕柔婉的琴声，与小言那缕清亮悠扬的笛音温柔地应和着，便似是一个善解人意的女孩，正在温言软语劝解着愁难排解的少年。

天籁一般的乐音，便这样流淌在鄱阳湖畔的云天烟水之间。

转过几个调，灵漪儿手中那把水做的箜篌突然消散成千万滴水珠，满天飞舞。

在漫天水珠的环绕之下，灵漪儿莲步轻移，盈盈踏上微潋的湖面，长袖轻舒，衣带翩跹，和着小言玉笛的节拍，在鄱阳湖水面上作凌波之舞……

若往若还之间，忽听得凌波仙子灵漪儿轻启朱唇，珠喉乍啭，歌道：

绰约凌波不染尘，

亭亭玉立水中仙。

莲房深锁心难露，

半吐幽香淡如烟。

笛音缥缈，歌声婉转。

最后一缕笛音和歌声一并消失在夜晚的湖风中后，小言的神思似乎才渐渐从缥缈的云端回落到人间。

刚刚歌罢舞罢的灵漪儿轻盈地飘过水面，来到小言面前。

“来得这么早，却只顾吹笛。”方才柔歌婉舞的女孩，现在却是有些埋怨。

小言听了，却未立即回答，只是双目直直地看着灵漪儿，半晌才口中吃吃地说道：“你、你是水中的仙女吗？”

现在这个呆呆愣愣的少年，满脑子装的都是方才灵漪儿在水面之上停伫如常、轻歌曼舞的模样。

“不是！我是水里的妖怪！吃人哦！”

见到原本灵气满满的小言现在变成这副呆头呆脑的模样，灵漪儿促狭心又起，忍不住出言相逗，同时还扮了个鬼脸，摆出张牙舞爪的架势。只可惜，女孩委实好看，这鬼脸的效果，实在甚微。

“呼！”小言闻言，倒似长舒了一口气，“原来水中的妖怪，便是这么好看。那日在花月楼，我还真以为要吃一场惊吓，料想着要见到青面獠牙、满口流涎的妖怪了！却没想到……”

“好你个小言，还是那般惫懒，说得好听，却来偷偷损我！”

“呵！不敢不敢。见到你这样的妖怪，惊是要惊的，不过却只是惊艳！”

可能是这些时日里，见到的神异怪诞的事太多，现在小言从起初的震撼中回过神来，说话又复顺溜起来。

虽然，灵漪儿以“妖怪”吓唬他，可瞅她这副明丽雅绝的模样，小言实在是怕不起来。而且不知怎的，虽然眼前这女孩流光艳艳，但几次玩闹下来，小言面对她时却丝毫没有啥自惭形秽、手足无措之感，口中的话说得是一如既往的顺畅滑溜。

“我、我可是妖怪呢！”

“若是妖怪绮丽如此，又要置那仙子于何处？”

“……你这人还真是惫懒，满嘴虚言，只晓得来骗我。”

虽然嘴上这么说，灵漪儿心里倒着实喜欢。

说起来,这灵漪儿有"雪笛灵漪儿"的名号,驰名四海,但似乎很少有人和她当面提起。因为以她的身份,平日敢与她言笑无忌的,便没有几人,再兼之众人对她之美似乎早已默认,往往倒忘了来赞她姿容美丽。

　　不知不觉间,灵漪儿在江河湖海那些同龄子弟的印象中,渐渐变得颇为高不可攀,其行事风度,也常常让人感觉冷傲无双。"雪笛灵漪儿"之中的"雪"字,虽然指的是玉笛神雪,但暗地里,被那些个倾慕她的少年子弟解释为"冷艳如雪",恐怕也未为可知。

　　若是小言知晓,眼前这个蛮缠不清的任性女孩,平日里竟还是那般形象,恐怕会觉得这比"清河老道道德高深、视钱财如粪土",更难以接受吧!

　　现在不知怎的,骄傲如雪的灵漪儿,因着这支笛子,碰上对自己一无所知的小言,竟觉得格外轻松惬意。在她的心里,只觉得这些时日与这市井少年的争斗,竟似有以前从未体验过的快乐。

　　不知不觉中,她竟渐渐有些留恋起这样的感觉来……

　　不过,眼前这个心思单纯的市井少年反而显得迟钝得多,心里没啥特别的感觉。虽然,女孩开始那几次的纠缠,着实给他造成了不小的困扰。

　　小言根本不知女孩心里这些奇怪纠结的心思,现在他见灵漪儿嗔怪,便呵呵一笑而过。

　　看着眼前这位衣带飘飘的女孩,小言突然想到自个儿今晚来这儿要办的正事,便开口说道:"姑娘会这些个神奇法门,那一定是仙女啦! 对了,今晚我是来给你还笛子的,姑娘这就将这笛子收回吧。"

　　说着,小言便将握在手中的玉笛神雪递向灵漪儿,让她接下。

　　只是,灵漪儿却并未伸手去接,只说道:"你看人家穿成这副模样,有哪处可以放这笛子? 还是先放你那儿吧,暂且帮我保管一下!"

　　"呃?"小言闻言愕然,心说这小丫头最近咋转性了? 就像是变了个人似的。以前她千方百计地要来夺笛子，现在自己两次三番地主动将笛子双手奉上，她却又不着急讨要了。

"唉！看来那句话说得没错——最是女孩子的心思难猜啊！"

正当小言胡思乱想之际，却听灵漪儿嚷道："哎呀！刚才歌舞一番，我倒有些累了！肚中似乎还觉着有些饿了，不如我们去寻个吃饭的地方歇歇脚，也好告诉你人家是不是妖怪！"

"也好。去哪儿呢？"虽然小言想起自己怀中还有几块干饼，不过倒并未扫灵漪儿的兴。

"望湖楼吧！"看样子，鄱阳水畔的食居望湖楼倒真是远近闻名。

"呃……那地方我也曾吃过！"小言倒是一直颇以吃过望湖楼自豪，听得灵漪儿提及望湖楼，便又忍不住提了一遍。

只是……一想到那儿的菜价，小言就不免有些皱眉了："那地方是不错，只是太贵了……上次、上次还是旁人请客的呢！"

在灵漪儿面前，小言倒不觉得说出这事有啥丢人。一来，他觉得经历过几次风波之后，自己在眼前这个女孩心目中，形象恐怕早已不咋的；二来，望湖楼委实是贵，他可不想把自己辛辛苦苦赚来的银子，这样白白花费在所谓的人情面子上。

"贵怕啥？既然是我请你去的，自然是我付账啦！"

恐怕灵漪儿也是知道小言的处境，倒也没有像往常那般出言相讥。不过，说过之后她又忍不住添了一句："上次……上次是不是那个叫什么'盈掬'的姑娘请你的？"

"呃。"乍闻此言，小言倒是一惊，想不到这丫头消息竟是如此灵通，连这都猜得到。不过转念一想，倒又释然了——这事十有八九，是她爷爷云中君告诉她的吧。

想起来，这位云中君老丈的孙女便有如此神通，恐怕他自己也定是位神通广大的高人吧。

"呵，是你爷爷告诉你的吧？确实是一位姑娘请我的，不过不叫'盈掬'，而是小盈！"

"哼！就知道是她。想不到你这惫懒家伙，竟然还能走桃花运！"

"别瞎说！对了，现在有钱而且大方的女孩子，变得这么多了？"

就这样，两人一递一答，有一句没一句地扯着闲话，离开了人迹罕至的清冷湖石，朝鄱阳县城望湖楼迤逦而去。

不知是不是寒夜凄清，到得那儿，小言却发觉今晚望湖楼倒没多少客人。上得楼来，楼上的客人更是寥寥。小言又寻得上次与小盈同食的临湖雅座，招呼灵漪儿坐下。

毕竟是人家请客，小言倒没有僭越，将伙计叫来，只让灵漪儿点菜。

女孩先略点了两三个菜，都颇为清淡，以素菜为主。然后便在那儿犯了难，不知该点啥好。

"看来，这姑娘倒不经常出来吃饭。"小言心说，"还得自己帮忙点一下菜。"

小言记得灵漪儿之前喊饿，便向她推荐了望湖楼有名的面点——细屑汤圆。

望湖楼的细屑汤圆，也算是它的一大特色，只用上等米粉将汤圆做得晶莹剔透，入口即化。而且这细屑汤圆，相对于望湖楼的其他菜肴而言，实在算不得贵，因此小言便跟灵漪儿细细剖析了一番。听得小言这般推荐，灵漪儿当然也无异议，依言又加了两份细屑汤圆。

正在一旁招呼的望湖楼伙计，正是那位与小言相熟的小厮。上次见他带小盈来，便已是十分惊奇，这次又见小言与这个娇艳非常的女孩同来，更

是大为惊诧,心说这小子最近咋神神道道的,认得这许多好人儿。

在他们点菜的工夫,伙计虽然不敢直视容光灼灼的灵漪儿,却不住向小言处看,简直忍不住就要出口相询。

当然,虽然惊艳非常,但身为伙计的本分还是没让这个小厮轻举妄动。小言二人点好菜之后,他便高声唱喏离去。

伙计刚刚走,灵漪儿便忍不住问小言:"上次和你来这儿的那个小盈姑娘……她长得好看吗?"

虽然爷爷已经告诉自己,那个少女盈掬——也就是小言口中的小盈,长得如灵蕊仙苗一般,非常灵秀娇丽,但少女的本性还是让她忍不住出口问询。

提起小盈,小言心中却是有些五味杂陈。转头望向窗外一湖月辉映照的烟水,小言沉思片刻,答道:"小盈很好看。她的样子……山迎眉而失色,水遇目而不明。"

"真有这么好看吗?"听小言说得这般玄乎,灵漪儿倒颇有些怀疑。

其实,灵漪儿心里颇以自己容貌自负。虽然平素甚少有人当面夸她的长相,但毕竟是青春女儿家,自己倒也常常趁四处无人之际,在平洁如镜的水边拈带自照。品评一番之后,每次都觉得自己生得还不错,嘻!

刚才在水边,她这个常常只能自恋自惜的女孩子,好不容易听得小言当面赞叹自己,心里正一直甜着,却没想到,小言竟用"山迎眉而失色,水遇目而不明"这样的语句来形容盈掬,盈掬长得真有这么夸张吗?

灵漪儿倒是心直口快,也不太懂世态人情,心里不服气,口里便说了出来,也不管在不太熟稔的男孩子面前争说容貌美丑之事,是不是有点不太合适。

"咳咳!"

听得灵漪儿有些不服气地反问,小言立马便反应过来。

他倒不似灵漪儿那般见识单纯,毕竟他也在饶州市井中行走了多年,他突然意识到,方才自己在灵漪儿面前这般毫无遮拦地夸说小盈的美貌,可能是有些不太合适。

"小盈的容颜,我自己觉得极美就行了,又何必说与别人听呢?何况,她还是个女孩子。"

想通此节,小言倒有几分后悔方才失言,便赶紧轻咳两声,将这个话题一句带过:"呵!这也只是我自己的看法罢了。对了,倒忘了问及仙子的芳名。"

"什么仙子不仙子的,你叫我……"

说到这儿,灵漪儿立时顿住,俏脸之上很是有些绯红。这倒不是因为听小言称她仙子——事实上倒也经常有人这般叫她。灵漪儿有些欲语还羞,是因为她知道,一般世间大户人家未出阁的女孩是不好轻易将自己的名字告诉陌生男子的,上次小盈刚与小言认识不久,便将"小盈"这个名字告诉他,却是内有另一段隐情。看来,小言光顾掩饰方才的失言,倒忘了另一个忌讳了。

小言也醒悟过来,正要出言收回方才的问询,却听得座前的女孩说道:"……我小字灵漪儿。反正即使我不说,我那一向偏袒你的爷爷,也会告诉你的。"

刚刚还有些羞涩的少女,立马给自己找到一个合适的理由。

"家中之人都叫我灵漪儿,我也准许你这么叫!"

虽然这话是用一副颐指气使的口气说的,但声音倒有些低了下去。

"呵呵,结识这么久,到今日才知芳名!灵漪儿……这名字倒是不错的,正配你这水中的仙子。"

正说话间，点过的饭菜似流水般送了上来。两人俱都动筷，一时倒也无言。

待热气腾腾的细屑汤圆端上来，小言赶紧止住夹起汤圆便要往嘴里送的灵漪儿，示意她不能心急，得细咬慢咽。否则，若是着忙咬嚼这刚出锅的滚热汤圆，恐怕便要烫坏她的嘴了。

"嘻！想不到你这人本事都在吃上了！"听得小言如此在行，灵漪儿忍不住戏谑了一句。不过，看起来小姑娘倒真的听了小言之言，不再那般着急。

待吃得一两个汤圆，灵漪儿便在那儿口齿不清地说道："唔……好吃……这小粉团，竟是入口即化，想不到这望湖楼竟有如此美味之物。嗯，以后还要常来！"

看灵漪儿吃得开心，小言心里也颇为高兴。

"呵！以前倒不觉得，这女孩其实还是蛮可爱的。"想到这个，小言突然想逗逗她："我说灵漪儿啊，且别着急吃，我有件正事要跟你说。"

"啥事？"正忙着吃菜的灵漪儿闻言抬起头，看着小言。

"你爷爷云中君曾跟我说过一件事。我想这事还是要跟你讲一声。"

"嗯？"见小言说得郑重，灵漪儿放下了手中的筷子。

"是这样的，你爷爷曾跟我说，以后让我见了他，不要老丈老丈地叫他，那样听着很不亲切。"

"那要你叫他啥？"

"叫老哥。"

"唔……呀！去死！"灵漪儿反应过来后，顺手拈起面前的筷子，便作势要戳小言。

只是，她脸上笑意盈盈，那筷子举在半空，却始终没戳出去，只是说道："你便只晓得欺负我！"

两人在这样的笑闹中轻轻松松地吃着聊着。

逗了灵漪儿一回，小言后来便再也没有开她玩笑，倒是反复赞她那隐身法术神奇，还有凌波飞舞的轻功，也着实让他大开眼界。

说得多了，灵漪儿有些不以为然道："其实你也好厉害呀！听爷爷说，你居然能完整吹出那曲《水龙吟》，人家可是到今天都不会呢！对了，倒忘了问你，你是怎么做到的呀？"

"这……"这回轮到小言抓瞎了。他又不好直接告诉她，自己修炼的那个什么太华道力，那可只是他自称的——自己体内那股流水般的怪力，其实到今天他都不知道那是啥古怪东西。

挠了挠头，小言找到个相对容易让人接受的说法："其实啊，在我家那马蹄山头，有块床一样的石头，那可不是一般的石头，只要我一靠在上面，便有一股很神奇的力量传到我身上。借着这股神力，那晚我便将《水龙吟》吹出来啦！"

"尽骗人！哪儿会有这样的石头呀！"灵漪儿觉得小言是在逗她。

听得灵漪儿质疑，小言也只能憨憨一笑，不再说话。

不过，只过得一会儿，刚才还疑窦满腹的灵漪儿，却忍不住说道："你家真有那样的石头？我倒想去看看，去瞧瞧你是不是骗我！"

"这……实在不巧啊，那次我吹出《水龙吟》后，不知怎的便是一阵电闪雷鸣，冷不防一个霹雳下来，将我身后那块石头震得粉碎。那次可真是好险！"小言此时还是心有余悸，因为他又想起了那个雷轰电闪的夜晚，还有猛兽环布四周的诡异情状。

"好可惜啊……"灵漪儿轻轻说了一声，倒没有多言。

看来，她还是相信了小言的话。

"对了，那笛子你今天真的不要？那啥时还你？"

"呀！小言你好啰唆!"灵漪儿似乎有些不高兴了,"反正现在也没了那块石头,人家也吹不得《水龙吟》,还是就先寄存在你那里吧。啥时我想要了,再来跟你讨!"

其实灵漪儿这话,说得颇有些情理不通。不过小言也非木头人,现在他也看出来了,灵漪儿倒是真心想将玉笛给他使用,当下也就不再坚持。

"对啦,大家都称我是'雪笛灵漪儿',好有名呢!"灵漪儿笑道。

"啊?那雪笛……便该是神雪吧?现在给我了,你岂不是有些名不副实了?"张小言担心道。

"哼!所以才说你小气。看我,现在就把这四海驰名的名号,分了一半给你!"灵漪儿一脸严肃道。

"啊!谢谢啊!"小言嘴里道着谢,心里却有些嘀咕:"这'雪笛灵漪儿',真这么有名吗?我也算常在这鄱阳县附近行走,怎么从来没听说过呢?"

时间过得很快,只觉得还没多大工夫,桌上这些饭菜,便已被吃得差不多了。

"呵呵,还有一点,赶紧吃吧,我差不多也得回去了。"小言说道。

"嗯?"灵漪儿好不容易聊得高兴,忽听小言说要回去,当下倒觉得有些怏怏,便沉默了下来。

小言有些奇怪,不知这位刚才还兴致勃勃的小姑娘,怎么突然就变得这般安静。

正在诧异之时,忽听得面前的灵漪儿轻声说道:"小言,你可知在那神曲《水龙吟》之外,更有一首《风水引》?"

"嗯?《风水引》?那是什么?"一听除了神奇的《水龙吟》之外,还有另一首曲子,小言当下便激动起来。

"我刚会吹那曲子。你把玉笛先递给我,我来吹给你听。"

"嗯。"小言依言赶紧将玉笛递给灵漪儿。

灵漪儿此时的神情倒是颇为庄重。

只见她抚摸着玉笛淡碧的管身,似是自语般悠悠说道:"神雪,天上笛也。"

说罢,灵漪儿便站起身来,倚在菱窗之侧,对着窗外浩渺的水月长天,将霜管举至朱唇旁边,吐气如兰……

一缕幽幽的笛音,便开始在清廓寂寥的秋水长天之间悠悠柔柔地回响。那听似清婉低回的曲调中,却似乎蕴涵着某种奇异的律动。

此时,望湖楼上的酒客都走得差不多了,只剩下他俩,这低幽的曲子倒不怕扰了旁人。

"这女孩……倒是动静皆宜!"小言望着眼前倚窗而立的顾秀少女,静静地听她吹奏。

听得一会儿,偶然向窗外看去,小言惊奇地发现,随着灵漪儿唇边玉笛的婉转抑扬,原本几乎万里无云的天上,竟渐渐聚拢起一朵朵的云霓。

初时,只是片片缕缕的流云,到后来,越聚越多,慢慢凝滞成厚重的云层。原本清光千里的月亮,也早已被遮蔽在浓重的乌墨云团之后。

又过得半晌,小言听到淅淅沥沥的秋雨终于落了下来。如绵的雨丝,在烟波浩渺的鄱阳湖面上滴画出点点涟漪。

飘摇间,几缕雨丝风片,悠悠飞到檐内,飘落到临窗女孩的青丝发鬟上,为她敷上几分迷离的光华,让她也与这朦胧秋雨一般,如雾,如愁……

正当小言呆呆地望着窗前这位如烟如幻的白衣女孩时,却见她突然止住笛曲,转过身形,对着小言轻笑一声,道:"现在还想走吗? 天上下雨了。"

烛光映照下,小言终于瞧清楚了,灵漪儿脸上现在正挂着一丝得意的笑容。

见她这样,小言苦笑一下,心道:"这丫头还真个调皮。若不忙走,直接跟我说一声不就成了?"

这时灵漪儿将手中玉笛递还给小言,复又坐下,笑语盈盈:"不要老在那儿不说话,像只呆头鹅。你倒说说我这《风水引》的曲子如何?要不要学呢?"

小言一听此言,猛然想起还有这茬,忙不迭地连声答道:"想学、想学!"

"呵!若真想学的话,先得叫本公主一声师父!"

"呃?公主?不是我听错了吧?"小言心中纳闷。不过在学曲的紧要关头,倒不忙岔开问这个。

小言仔细看看灵漪儿,只见她那俏脸上正充盈着慧黠的笑容。见此情状,小言便知这丫头心里还记着自己先前对她的戏弄,这会儿正是要把便宜占回来。

"师父!"小言叫得又响又脆!

"哎!好徒儿!挺乖嘛!这曲子是——"灵漪儿正要依诺给小言背出曲谱,却突然止住,顿了顿才继续说道,"算了,想来你的记性一定很差,这谱有好多,说了你也记不住。还是下次我把曲谱带着,借给你参看修习吧!"

"那也成!"小言自然满嘴答应。

他心说,从现在开始自己可要小心伺候着这位女神仙。万一惹得她不高兴,说不定这个向来古灵精怪捉摸不透的小丫头便要食言了,那可大大不妙!

"对了,我倒还真有一事不明,还请师父示下。"

小言拿出对老师季老学究的礼仪,语气恭恭敬敬,似乎现在真是对着一位学问高深的前辈老师。

"说吧,乖徒儿。"灵漪儿装出一副德高望重的模样,似乎已对自己这老师的头衔习以为常。

"为什么这吹吹曲子，便能呼风唤雨，甚至引动天雷呢？"

"这个嘛——"看了一眼正抻长脖子紧张倾听的小言，灵漪儿下意识拉长了语调，"问我，你算问对人啦！"

架势摆过，接下来灵漪儿倒也是认真回答："这笛子吹出来的五音，正对应那五行属性：宫为土，商为金，角为木，徵为火，羽为水。若将这宫商角徵羽五音按一定的法门排列起来，再用那本就不是凡物的玉笛神雪吹出，与那用道力辅助咒语施展出法术，有着相同的效果。具体为何会这样，我也讲不清楚啦。

"那曲《水龙吟》，听说还是我爷爷的爷爷传下来的，已经有好多好多年啦，我都数不过来了。这首《风水引》，却是我爷爷特地写给我的，因为《水龙吟》我吹不来。"

说到这儿，灵漪儿扮了个鬼脸，心下却想道，爷爷还是蛮疼自己的。

这首《风水引》，在她家里其实还有个别名，叫作《漪之思》。只是不知怎的，灵漪儿突然觉得这名字有些羞人，在小言面前怎么也说不出口。

小言听了灵漪儿这番讲解，似懂非懂。虽然还不甚明了，但好歹大概知道是怎么回事。

别看小言现在脸上神色一如往常，可内心里却深深地感到一种震撼。这种震撼，对他来说可谓是前所未有的——即使那晚马蹄山上那样诡异的电闪雷鸣，也没能让他的心弦像现在这般激动！

小言终于知道，自己以前经历的一切，并不是自己曾经认为的巧合。那些个能够呼风唤雨、招雷引电的法术，在这世界上竟是确确实实地存在！

特别让他感到兴奋的是，听灵漪儿刚才所言，这种种神奇玄妙的法术，竟似乎皆有义理可循。灵漪儿这个"师父"的一席话，便似在懵懵懂懂的小

言面前,划过了一道耀眼的电光,突然为他打开了一道光华绚烂的大门,隐隐让他看到了一幅以前从未敢想象的壮美图景!

且说灵漪儿,说完这席话,便发现眼前的小言不知为何竟发起呆来。正想要伸手去他眼前晃动,却不防方才还呆若木鸡的少年,竟忽地站起身来,朝楼梯口大叫道:"伙计! 拿一坛酒上来!"

然后,这个脸上正因兴奋现出几分血色的少年,对眼前不知道发生了什么事的灵漪儿,便是深深一揖,诚声说道:"多谢师父教曲! 请受我一礼! 这就让徒儿请你喝酒,聊表感激之情!"

闻听小言此言,刚要推说自个儿不太能喝酒的灵漪儿,也不想扫了小言的兴头,那句推却的话还是咽回了肚里,温言说道:"嘻,些许小事嘛,倒也不必如此客气。"

待小二将小酒坛送上来,小言先给灵漪儿斟上一杯,他也怕少女不胜酒力,便没有倒满。然后,又给自己那酒盅满满地斟上,就和灵漪儿推杯换盏起来。

小言以前在家也常喝自家酿的松果子酒,倒也练得几分酒量。只是那时的酒水,清醇不辣,颇难醉人,因此他才有"千杯不倒"的夸张说法。像现在这样口不停歇地连续五六杯下肚,小言那张清秀的脸上便现出了好几分酒意。

灵漪儿这时倒没想要捉弄他。她自己只是浅浅地抿着酒水,还间隔着劝说小言不用喝得太急。只是,小言心中正快活,倒没怎么听灵漪儿的劝说。

待到酒喝得兴起之时,几分醇厚的酒意冲上了额头。霎时间,轻歌曼舞的凌波仙子,如仙似幻的湖畔女孩,鄱阳湖上的满天风雨,马蹄山头的电闪雷鸣,碧玉笛,榆木妖,无名剑,《水龙吟》,还有数年来为谋衣食走过的卑颜岁月,那些快乐的、忧伤的、愁苦的过往,所有所有的一切,都似走马灯般在他那双蒙眬醉眼前倏然闪过。

刹那间,一向恭谨求活的市井少年张小言所有横亘于胸臆之间的块垒,似被杯中之酒浇化。张小言只觉得一股莫名的沧桑悲豪之气直冲上自己的额头。只见他忽地站起身来,擎着杯,对着窗外的绵绵秋雨,用筷子敲着节拍,低声唱道:

曾邀明月饮高楼,

红妆佐酒,

醉击金瓯。

踉跄随风唱晚秋,

天也悠悠,

心也悠悠。

谑言呓语偏温柔,

樽中鬓影,

梦里兰舟。

冷夜清魂何处留?

菊花巷内,

烟雨竹楼。

一曲唱罢,回首望望灵漪儿,却见她听着自己这首曲辞,正怔怔地望着自己。

此刻,在小言醉意蒙眬的双眼之中,面前灯下曾经凌波的女孩竟如此亲

切,当下一股快然之意油然而发。小言又看向窗外蒙蒙秋雨之中的一湖烟水,高声而歌:

> 菊花万株兮秋风寒,
>
> 登楼览胜兮水流光。
>
> 凌波歌曲兮韵悠扬,
>
> 寒香飞舞兮鸾鹤回翔。
>
> 翩翩轻举兮遨游帝乡,
>
> 俯仰大块兮月白烟苍,
>
> 清绝一气兮千载茫茫……

悲慨寂寥的高歌,便似洞里苍龙的鸣啸,久久回荡在烟光浩渺的万顷湖波之上。

小言歌罢,回身时却一个不稳,就此醉伏在灵漪儿面前的桌子之上。

乍见他醉倒,方才还在倾听小言荡气回肠歌赋的灵漪儿一下子有些手足无措。

拈带沉思良久,灵漪儿才似下定决心,招呼来小二,将账结了,努力扶起酩醉不醒的小言,小心翼翼地走下楼梯,走出望湖酒楼,沿着湖堤踉跄着向前走去。

虽然现在天上仍是细雨连绵,但奇怪的是,雨中这两人身旁数尺之内竟是一缕雨丝也无。满天雨丝风片到了二人附近,便似分花拂柳一般,俱向两旁飘去,一丝一毫也沾不到两人身上。

走了一会儿,来到一个僻静之处,灵漪儿朝四下小心察看了一下,见四处悄然,并无人影,便让小言斜靠在湖旁一株歪脖柳树上。

只见她略理了理缭乱的发髻,垂首口中默念咒语。片刻之后,念诵完毕,便见灵漪儿将如葱似玉的手指,朝兀自浑浑噩噩的小言一指——

便见正歪歪斜斜倚在柳树上的小言身上立时腾起一阵幽幽的清光。

见法术生效,灵漪儿便走上前去,将小言再次扶倚在自己肩头,挽着他的手臂,走到涛声如缕的湖边。

她略扶了扶身畔沉醉的小言,然后双足一点湖堤,竟带着小言翩然跳入湖中!

坠得湖中,这两人只是略略停顿了一下,便双双没入湖水之中……

雨打平湖,寂静无声。

这清冷寂寥的秋湖,只在那一瞬微微打了个旋儿,便又沉默如初。

正是:

谁家明月第几桥?

一歌一舞一魂消。

偶回醉眼斜睨处,

几度青山几度潮。

第四章
灵湖初坠，惊见龙宫玄奇

待二人没入水中之后，却见灵漪儿抓住小言的手臂，身躯摇摆，便似游鱼一般，在秋湖之中顺水而逝。

片刻之后，两人身旁色带深黝的秋夜湖水渐渐转为明亮。不一会儿，灵漪儿二人便来到一处奇异所在。

在烟波万顷的鄱阳湖水下，在幽远的湖底深处，有一处似笼罩着一团硕大无朋的明色水膜，隐隐散发着明亮的光华。

来到这层映照着明月之色的水膜之前，灵漪儿没有丝毫停顿，拽着小言，竟直接没入奇异的光幕之中。

在巨硕的光团之中，似乎有着另外一个洞天。只见其中贝阙珠宫连绵不绝，隐隐发出各色的毫光，充斥在琼楼玉宇之间的却是一种似水非水似气非气的清霭。数不清的琪花瑶草，便在这似水似风的空明中摇曳飘荡。

想不到，这个以前曾和小言蛮缠不清的灵漪儿竟住在这样一处神仙洞府！

半醉半醒之间的小言，浑不知自己已置身于这个奇异的所在，被身旁的灵漪儿半扶半拽，两人半走半飘，不一会儿便来到一处素壁粉垣的幽雅庭园

之中。

过了月亮洞门,步上晶莹鹅卵石铺就的甬道,却见小道两旁耸立着一株株流光溢彩的珊瑚宝树。这些瑞彩缤纷的珊瑚树顶端俱顶着一只圆硕光洁的湖蚌,每个青色蚌壳里,皆含着一颗人间罕见的夜明珠,正柔柔地发出淡黄的毫光,将这个雅致的庭园映照得如梦如幻。

一路飘过,灵漪儿长袖轻拂,那些含着明珠的湖蚌便如通人语,在二人走过之后,次第自动合上。待灵漪儿与小言走到屋内,整个庭园之中便再也没有夜明珠的照耀,那些珊瑚宝树俱皆黯然。这个素洁的院落,便也似夜色降临了一般。

而那两扇雕着水藻图纹的门扉,待二人走到跟前之时,便无风自启。

二人行到屋内,原本似乎空无一人的房舍内,立时便有四五个年轻婢女从旁奔出。

这些个灵漪儿的侍女,正待像往常一般向她请安,服侍灵漪儿歇下,却突然不约而同地张口结舌,说不出半句话来。

原来,她们都看到,自己这位素来冷傲无俦的尊贵公主,此刻却扶了一个喝醉酒的陌生少年回来。

这事对她们而言,实在是太过惊世骇俗,一时间竟无人说得出话来!

怔忡半晌,终于有个平素甚得灵漪儿欢心的婢女,鼓起勇气问道:"公主,这人是……"

满腹心思全用在支撑身畔小言的灵漪儿,这时才突然想起自己这些婢女的存在。听得侍女问起,这位年方少艾的公主淡然答道:"本公主今日傍晚在湖畔游玩,偶尔发现这少年正醉酒伏于道旁,见他实在可怜,便顺便把他带回来了。"

轻描淡写地说完这番话,灵漪儿便又小心翼翼地专注于扶住身旁的小言向内室中行去。

扶着小言又走了数步，正要转过海玉莲花屏风，一脸威严的灵漪儿似乎又想到什么，忽地停了下来，回首朝身后那些仍在怔怔愣愣的侍女认真吩咐道："今日之事，你们便只当没见过，本公主只是一心救人，可不想惹来什么闲话。你们可都要给我记住了。"

"是。"这群侍女应声而答。

"嗯，那就退下去各自安歇吧。这事本宫自己安顿，无须你们服侍。"

闻得公主命令，这些侍女都一一散去。

见侍女全都消失不见，刚才还威严无比的灵漪儿轻抚胸口，似是长松了一口气。

打发走那些个侍女，再看看身旁依然浑浑噩噩的小言，灵漪儿脸上现出几分怜惜之色，赶紧将他扶到自己那张珊瑚玉床旁，撩起那副浑似轻烟一般的鲛绡霞帐，小心翼翼地扶小言躺到床上。

于是，困惫多过酒醉、身上粗布衣裳犹打着补丁的小言，就这样沉沉睡倒在软似云霓的绮罗堆中。正是：气喷兰馥醺疑醉，身被琼霓睡欲仙。

小言在一旁安然睡去，将他扶回的灵漪儿却没了睡处。好在灵漪儿现在也没有多少睡意，便坐在绮罗床边，静静地听着身畔少年均匀的呼吸。

正是无事的灵漪儿，现下不住地回味小言今晚那些词曲歌赋。细细品味这些个发自少年内心的词句，她颇觉得齿颊留香，脸上不觉现出几分笑意，想道："这少年，却也不似想象中那般怠懒。他这个市井酒楼的小小乐工，竟能有这样的才思，实在颇为难得。他唱的那曲杂言诗词，可比往常听到的那些个规规矩矩的四言五言诗，要有趣多了。"

灵漪儿便在小言身旁以手支颐，神思缥缈。两人头顶那袭鲛绡帐上缀着一颗圆润通透的夜明珠，静静地散发出柔和的清光……

也不知过了多久。

"咦？我这是在哪儿？花月楼？"过了好几个时辰，酒酣睡去的小言才终于醒来。

蒙胧睡眼初睁之时，没看清周围的景况，尚不以为意，待歇了一会儿，睡意完全消退，小言才发现自己已在一个陌生的所在。

"我这是在做梦吗？"睁眼盯着头顶那袭薄若晨雾的粉红霞帐，还有那颗世所罕见的硕大珍珠，小言直以为自己还是在梦中。

待略略支起头，看到眼前的情景，小言才有些明白过来。

昨晚凌波而舞的少女灵漪儿，现在却似一只乖巧的猫儿一般，趴伏在床边，满头的乌丝，如云般散开，覆在绮罗被上。

见灵漪儿睡得正香甜，小言不敢稍动，生怕一不小心惊醒了她。

正好，可以利用这当儿，静下来琢磨一下这到底是怎么回事。

小言向来心思玲珑，心中几下翻转，回想起灵漪儿以前种种玄妙事体，再感受到身周那份似气非气、似水非水的柔顺空明，他突然想到一种惊世骇俗的可能：

"难道，我已经到了传说中水底的龙宫？！

"这位灵漪儿姑娘便是那龙宫的公主？！

"……不错！应该就是了。昨晚依稀记得，云中君的孙女灵漪儿好像自称过什么'公主'！

"这么说，那位云中君老丈，便是水底的龙神了？！云中君、水龙吟……"

小言心里翻来覆去不住念叨着这俩词儿。突然之间，眼前恰似有一道灵光闪过，小言忍不住出声叫道："'风从虎，云从龙。'自号云中君的老丈，定是湖里的龙神无疑了！想不到我这一介市井小儿，竟有如此际遇！"

这几日来一连串的奇遇，让小言原本坚强无比的神经再也承受不住，一时间,他不禁激动万分!

他这一兴奋不要紧,忘了正趴伏在床边的灵漪儿。

怕惊动了正自熟睡的龙神公主,小言赶忙小心翼翼转过脸来,看看灵漪儿醒了没有,却见她仍是一动不动,呼吸匀称平和,想来应是还在黑甜梦乡之中。

小言轻轻揭开罗衾,一阵寒窣,已穿好鞋履,下得床去。

见灵漪儿趴睡并不舒服,他想了一下,还是决定叫醒她:"灵漪儿,公主,起床啦。"

第五章
居处无朋，风水引漪之思

梳洗过后，小言还是觉得周围的景物陈设不太真实。

他瞧着周围，只觉着处处透着新奇。满腹疑惑的他便向灵漪儿开口询问，问他现下到底是在哪儿。

到了这会儿，灵漪儿也没想瞒他，将自己的身份毫无隐瞒地告诉了小言："小言，看你胆子大不大，可别被吓坏了哦。我爷爷云中君，你也认识的，他便是掌管长江、黄河、淮河、济水的四渎龙神。我爹爹则是鄱阳、洞庭、云梦、洪泽四湖之主。我嘛，别人常常叫我灵漪儿公主。对啦，还有那暂时分给你一半的'雪笛灵漪儿'！"

闻得灵漪儿此言，小言稍稍一愣，便忍不住大叫道："呀！原来以前看到的那些个志怪传奇，说的都是真的！"

虽然早有预料，但听灵漪儿亲口道来，小言还是觉得异常震撼。

"这么说……我现在就应该是在龙宫里啦？"

"嗯！"灵漪儿抿嘴笑笑，点了点头。

"那这龙宫又在何处？"

"正在你曾来游玩的鄱阳湖湖底。"

"啊?!"

今儿真是大开眼界啦!

"不过……"兴奋过后,小言突然想到一个问题,迟疑道,"我现在要怎么回去呢?"

"哼哼!回不去啦!出去就会被淹死哦!"灵漪儿张牙舞爪地吓唬小言。

"我想你一定有办法吧?否则我怎么能进来呢。"小言倒是蛮机灵的。

"嘻!算你聪明。只是……难道这儿不好吗?这么快便想回去?"骄傲的灵漪儿觉着有些想不通。

"呵!这儿当然好啦,贝阙珠宫,闻所未闻。只不过……"小言笑着指指自己,"唉,瞧我,和这儿一比,自惭形秽,此处非我久留之地啊。"

"哼!我才不信呢,就没见你害羞过!"灵漪儿不相信道。

"这……其实,是我听说那'天上只一日,世上已千年',这水底的龙宫不知如何算法……我记挂爹娘啊!"

"嘻,原来是害怕这个,真是胆小鬼!告诉你吧,这儿和你那饶州城一样。什么'天上只一日,世上已千年',都是瞎说啦!哼哼,既然这么想回去,本公主就发发好心,送你回去吧!"

"哈!那多谢了!"

"那……你稍稍等一下,我去换身衣服,再稍微让侍女帮着梳个髻儿,一会儿就来!"

"好。不着急。"

小言便坐在腰鼓状的镂空白玉凳上等灵漪儿出来。只是,灵漪儿口中的"一会儿",却让小言足足等了大半个时辰!

小言在那儿东张西望瞧新鲜时,不免心下哀叹:"唉,原来灵漪儿的'一会儿',也抵得上人间的半日了。早知如此,就应该预先借本书来看……"

在小言左等右盼中，灵漪儿终于出来了。只见她原本披垂如瀑的乌丝现已结成双髻如鸦，两绺柔顺的秀发分飘于耳畔腮侧。她换上了一身嫩黄的襦裙，上面缀着几片水明玉片，行步之间，这些玉片相互碰击作响，听来倒也玲珑悦耳。

如果说昨晚一身素白宫纱的灵漪儿是袖带飘飘的凌波仙子，那现在这身鲜色的黄裙，虽然掩却了几分出尘之意，却把她衬托得更加明艳动人。

待仔细打量，小言才发现灵漪儿身姿颀秀，玉立修长，与自己高下仿佛，在女孩里已算是非常难得了。

灵漪儿倒是言出必践，让小言等了这么长时间之后，便带着他往外行去，送他回岸。

经过小院的月亮门洞时，灵漪儿倒似想起什么，便指给小言看圆月门洞两旁的对联。对联写的是：

一泓水随春涨绿；

四时湖对夕阳红。

对联的字用碧色玉贝镶就，水光映照下似有异彩流动。字体娟秀清柔，倒也别有一番绮丽的风味。

小言将联仔细品味一番，道："这联娟致婉约，自有一股柔媚风骨。不知这对联是……"

"嘻！正是本姑娘写就！"听得小言称赞，灵漪儿心里颇为欢喜。

"呵！那小言我不才，方才即景生情，也胡乱诌得一个，却非对联，只来相和凑趣。"

"好啊，赶快念来听听。"

"好。"小言轻咳一声，望着灵漪儿，朗声念道，"愿将一湖清泠水；洗尽人间懊恼肠。"

言为心声，这句诗倒是小言现下心境的真实写照。

在似气非气、似水非水的空明之中，小言倒也颇能适应，半走半飘，紧紧跟着前面的灵漪儿公主往前行去。

一路上，小言免不得又是一阵东张西望。对于他而言，稀奇物事太多，两只眼睛似乎都不够用。

见小言如此好奇，灵漪儿觉得颇为有趣，倒也不厌其烦地回答他的各种提问，也不管有些提问可笑不可笑。

在路上，他们还偶尔碰到了几个身着皮甲、形状怪异的军士。不过让小言安心的是，这些个生得奇形怪状、一看便觉得凶神恶煞的军士，对灵漪儿倒是执礼甚恭。见他俩过来，绝不上前盘问，只远远地立住行礼，待小言、灵漪儿二人过去后，才敢开始巡查游弋。见得如此，小言暗中不住啧啧称奇。一路行走，感慨万千。

很快，小言、灵漪儿二人便来到那层硕大无朋的明色水膜前。来到此处，灵漪儿停下脚步，回头对小言说道："这便是鄱阳龙宫的边界了。出得这水膜，便是鄱阳湖湖水了。"

"呀！那我这一出去，岂不是便被淹死了？"

"嗯，如果你就这样出去的话，保准被淹死！"

"那我昨晚又是如何进来的呢？"

"那是因为本姑娘在你身上施了法术的缘故。"

许是已经熟悉了的缘故，灵漪儿现在在小言面前倒不常自称"公主"了。

"呀！厉害啊！是啥法术？赶快施法吧！"小言大奇，急着想看灵漪儿

施法。

"嘻！且不着忙,其实——"闻言正要施法的龙宫公主,似乎突然想到了啥,当下停住,说了句让小言有些摸不着头脑的话。

"嗯? 其实啥?"

听得小言相问,灵漪儿微微一笑:"其实这回岸的法术,并不甚难,若是想学,我可以教你啊。"

"当然想学! 真的可以教我?"小言闻言大喜过望,两眼直直地盯着灵漪儿。

见小言双目灼灼的急切样子,灵漪儿笑道:"当然可以教你啦! 不要睡过一觉,便忘了我还是你师父呢!"

"哈……当然没忘,徒儿可是时刻牢记在心呢!"

"哼! 净骗人! 若你记得,怎么不记得向我讨要《风水引》之谱?"

"呀! 这还真是忘了!"一提这茬,小言这才大急,"呀! 昨儿个这酒还真是喝多了。我们现在返回去拿? 要不……还是先教了我这回岸的法术,再回去拿?"

"就知道你粗心。那曲谱正放在我袖中,到得岸上便给你。现在先教你回岸的法术吧。"

"好! 不过,我能学会吗?"欣喜之余,从来没练过啥正经法术的小言颇有些迟疑。

"嗯,我刚才说过,这辟水诀的法门,并不甚难,只要你水性足够。以你奏得《水龙吟》的修为,学这法术应该不难!"

一听灵漪儿愿意教自己法术,小言当下便乐坏了!

想到以后便有可能在鄱阳湖里如鱼得水,小言赶紧忙不迭地连连保证:"水性我有! 水性我有! 我其他不成,这水性是极好的! 虽然我是山里人,但常在饶州城里行走,天热之时,饶州城中哪条沟沟岔岔我没下去游过?"

见小言急切的模样,灵漪儿忍俊不禁,咮一下笑出声来:"人家说的水性,不是指你会不会游水啦!"

"嗯? 不知水性还能是啥?"

"不知道了吧! 我刚才说的水性,是说你这人本身,生来有没有那五行水属! 要修习我们龙宫的辟水诀,小言你那五行之中,必须有水之属性啦!"

"哦? 还有这等讲究? 这个五行水属……恐怕我也是有的吧? 要如何才能得知我有没有这水性?"

小言怕修习不成法咒,一脸焦急地望着灵漪儿。

"其实,我也不知道如何知晓你那五行种属……"

"呀! 那可咋办?!"

所谓关心则乱,饶是小言平素那般随和,现在也如百爪挠心,不知道该如何是好,只在那儿患得患失不已。

"嘻! 你好笨! 待我把这辟水诀的法门告诉你,你试试能不能成功施展,不就可以啦?"

"呃! 这倒也是啊! 我咋没想到呢……"小言摸着头笑了。

"只是……"小言立马便想到一个严重的问题,"要是我无那水属,这法术失败,岂不是便要被淹死?!"

"嘻嘻! 原以为你这怠懒家伙天不怕地不怕,却原来也是个怕死鬼! 放心吧,有本姑娘在旁边照应着呢! 若是你实在是笨,学不会这辟水诀,我便立马在你身上施展一个瞬水诀,死不了的!"

"呵! 那我就放心了。快把法术口诀说给我听吧!"听得灵漪儿保证,小言便似吃了颗定心丸,胆气立马大涨!

见小言这番发乎情性的言行,灵漪儿抿嘴一笑,倒没有再逗他。当下,这位四渎龙宫的公主便把辟水诀的法门原原本本地告诉小言。等他完全记住,又将那些个需要注意之处,一一讲解给小言听。

灵漪儿这番耐心模样，倒也真像一位尽心尽职的授业老师。

对于小言来说，这是他这辈子第一次正儿八经地学习一项法术，自是非常认真，在那儿支起双耳，听灵漪儿讲解，唯恐遗漏掉一个字。

过得片刻，又反复温习了几遍，小言自觉应该没什么问题，便按照灵漪儿叮嘱的法门，静心凝神，开始默念咒语。

此时站在他旁边的灵漪儿似乎比小言本人还紧张，那双秋水一样的明眸正目不转睛地盯着小言，一眨也不眨。

待念了七八句，小言忽然觉得自己身体里那股自封的太华道力，便似被自己口中正念着的咒语牵引着一般，在体内四经八脉中往复游走。虽然太华道力还是比较微弱，但这股水样流动的气机，小言已能清晰地感觉到。

"呵！看来，灵漪儿这丫头倒没逗我，这辟水诀的法诀，还真有些门道！"

谁知，一旦小言心有旁骛，身体里那股游走的气机便立即消逝无踪！小言警觉，立马聚精会神，平心静气反复念诵灵漪儿刚刚教授的咒语。

又过了一会儿，正在一旁等得有些焦躁的灵漪儿突然间发觉，自己眼前这片明色水膜竟然哗的一声霍然中分！

"成功了！"灵漪儿与小言心中俱是惊喜万分！

虽然小言一动念，那中分的水膜立即合上了，但毕竟有了一次经验。小言再次念诵一遍咒语，很快那隔开尘世与仙宫的水膜又分开了。

见法术施展成功，小言便按灵漪儿所授，捏着法诀，纵身跳入鄱阳湖湖水之中。

只见鄱阳水泊中的清寒秋水，一遇到小言便在他身侧自动分开。远远看去，小言整个身体便似裹着一只卵状的硕大气团。

张小言这个生长于山野的饶州市井少年，在清光潋滟的鄱阳秋水中，学会了他此生第一个真正意义上的法诀。

第六章

天开地震,突兀仙山万叠

见小言如此轻易便施展出辟水诀,灵漪儿欣喜之余,倒也颇有几分惊奇:"呀!以前爷爷所说的那些个赞誉的话,怕是也有几分真实,看他学这法术如此快捷,恐怕也真有几分本事。"

灵漪儿也顺手施出法术,在前面引领着小言这个大气团,往鄱阳湖岸上飘去。

只是,小言惊奇地发现,身前灵漪儿周身却没啥气团。灵漪儿柔弱无骨的身躯似游鱼一般,在鄱阳湖湖水中畅行无碍。

过得一会儿,辟水诀小言已渐渐谙熟,他的整个心思也放松下来,还留得些余裕琢磨一些事:"真个了不得!我竟学会了这样的神仙法术!"

小言心中不觉激动万分。

"呵!真多亏了这位公主师父啊。恐怕我这辈子,再也不愁温饱了!"

小言充满自信地想道:"想不到我张小言竟有这样的奇遇!若是有朝一日失去花月楼的活计,我还可以借着这辟水诀,来鄱阳湖湖底捞蚌抓鱼讨生活!

"嗯!想来想去,还是阿爹说得不错,学得一门手艺,便再不愁饿死人了!"

小言这般胡思乱想的同时,他身体里太华道力流水般的气机似乎随着身遭气团、湖水的挤压摇荡,而在他身体中流转晃漾不止。却又是完全寻不着套路,便似那水漫石坪一般,毫无章法地流动荡漾。

"惭愧! 我修炼的这太华道力,还真是不错! 这番能够施展出这法咒,恐怕与这太华道力颇有关系吧?"

小言心中暗自得意之余,却也有些悻悻然:"可惜啊! 自那晚马蹄山上用它吹过《水龙吟》之后,我这太华道力便有若游丝一般。万一以后不够用了咋办? 嗯,回去后,还得抽个空出来,再仔细读读那本《上清经》,瞅瞅那里面有没有提示啥修炼法门!"

自然而然,小言便联想到自己那唯一的道家经书。

这一路想着,过了没多久,灵漪儿与小言二人便来到了灵漪儿昨晚拖携着小言下水的地方。只听哗啦两声响动,这俩少年男女便跳到了岸上。

虽然现已是上午,秋阳高照,但鄱阳湖占地广大,这片湖岸甚是偏僻,倒也不怕有人看到小言与灵漪儿两人方才这有若水妖的行径。

到得岸上,小言缓了缓气,然后便转到灵漪儿身前,深深一揖,口中诚恳地说道:"多谢灵漪儿师父教授我这神奇的法术!"

"嘻! 徒儿不必多礼。为师也是没想到,我竟是如此教导有方,连你这样的笨小子,却也是一学便会!"

语带揶揄的灵漪儿,现在一脸灿烂笑容。明媚的笑靥,映着她那淡黄的绣领,显得分外娇艳动人。

"呵! 那是那是! 对了,灵漪儿你方才用的是啥法术啊? 怎么不用辟开身旁的湖水?"

小言显然对灵漪儿那更为自在的辟水法颇为好奇。

"那就是我开始所说的瞬水诀啦! 倒不是我藏着掖着不教你,而是这瞬水诀不只要求修习者有那五行水属,还要他们这水之属性异常强。我听爷爷他们说,一般这瞬水诀,只有我们水族才有可能修得。可是,一般水族都自有游水的本能,又不用修习这法术。因此啊,基本也只有像我这样的好学之人,才会这门法诀!"

灵漪儿一脸笑容,显然并不是真正为了自夸。

"呀,好可惜啊!"

"是哦! 若是常人学会这瞬水诀,在那水中便真个是畅行无碍了,与那水中的游鱼相差无几! 而且,还不止于此,若是天长日久修习得精深了,还可在水中瞬息千里呢!"

"呀,这么厉害! 灵漪儿你懂得还真不少嘛。"

"嘻! 这些都是爷爷他们告诉我的啦。"

"要不,师父不如也让我试试这瞬水诀?"

显然,小言听得灵漪儿如此夸赞这门法术,已是怦然心动了。刚刚的成功,也让他现在自信了许多。

"呀! 你也真个贪心!"顿了顿,灵漪儿道,"不过也好,反正你也学不会,若不让你试试,以后只说我这师父不教你!"

这次,灵漪儿可真是抱着试试的态度,将瞬水诀的法咒说给小言听。

小言也知道这法术非同小可,应是更为难学,因此格外用心听讲。

只不过,待灵漪儿讲解之后,小言才发现,这瞬水诀的咒语并不如想象的繁难,与自己刚才学得的辟水诀相比,瞬水诀的咒语甚至还要短许多。

"看来,真像灵漪儿所说,这瞬水诀的法术,恐怕难就难在修习者的先天属性上了! 不管怎样,还是试试吧,反正有灵漪儿在旁护着,大不了呛几口水,又淹不死人!"

稍后,颇有几分"有恃无恐"的小言捏着瞬水诀下水之时,龙族公主灵漪

儿在一旁紧张万分,她口中早已将法咒准备好,随时准备救人。

即使现在日光正明,也可看出,灵漪儿那只欺霜赛雪的玉手上正散发着淡淡的清光。

片刻之后,只见鄱阳湖里有两个少年男女一前一后,似游鱼一般,在涵澹清澄的鄱阳秋水之中悠游无阻。

灿烂的秋日阳光,透过明澈琉璃般的鄱阳湖湖水,和着水光变成青白之色,投射在这对少年男女身上。翩然的身姿,在光影流动之间,恍若悠游于天上云间的仙人……

缀在小言身后黄裙玉襦的女孩,看着前面这个身姿飘逸的少年,心中只是禁不住想道:"难道……难道爷爷他们哄我?这瞬水诀的法术,竟是随便一个路人,便都能学会?"

又回到鄱阳湖岸上,此时灵漪儿对市井少年小言倒真有些另眼相看了。

很难得地,灵漪儿赞了小言一句:"嗯,看来不只是我教导有方,你这徒儿本身也真个争气,这么快便学会两样法术,看来小言你的天分还是蛮高的嘛!"

"哈哈!"听得灵漪儿称赞,小言也是颇为高兴,"其实……我也早就觉得自己学东西比较快!哈哈,哈哈哈!"

瞧着小言没正形的笑,灵漪儿也不理会。她从袖中掏出一个绢本递给小言,道:"喏,给你。这就是答应过教给你的那本……《风水引》。"

小言闻言,赶紧将灵漪儿手中这本薄薄的绢册接过来。

"咦?这名字咋是……"

原来,小言发现这本淡绿茵然的绢册封面上,书名不是那"风水引",却是三个娟秀清丽的字:漪之思。

"笨!'漪之思'只是这《风水引》的别名嘛。你再仔细瞅瞅这封面上的图画。"

听得灵漪儿如此说，小言便仔细看了看这绢面。灵漪儿不说他还注意不到，现在留心一瞧，看出淡绿的绢面上，那几笔曲折横斜的银灰墨色，正是草书的"风水引"三字。原先乍一看，小言还以为那是一丛写意的兰花呢。

"呵呵，倒是我眼拙了。"

小言一边说着，一边便将绢册放入怀中。反正回去可以仔细参习，现在倒不必着忙翻看。

想起来，往日里的刁蛮公主，这两日还真教会自己不少东西。想到这儿，小言便又对灵漪儿语气真诚地道了声："多谢师父赐谱！"

"……真想不到，你还如此多礼。好啦好啦，以后再不要叫人家师父啦，叫着叫着都被你叫老了！"

"那也好！其实这么叫着，我也觉得不是很自在呢，哈！"

正当两人这样有一搭没一搭地说着话，小言与灵漪儿二人却突然感觉到他们脚下的这块地方，又开始颤动起来。

小言记起昨日路上那阵晃动，正要开口告诉灵漪儿，却见脚下突然一下剧震，猝不及防之间，眼前的灵漪儿脚下一个不稳，竟往前一倾，差点摔倒！小言自己也好不到哪儿去，忽然间好像身体不受控制，左右摇摆，也是差点扑倒在地。

这时他们在鄱阳湖畔，踩在颤抖不已的大地上，晃晃悠悠，便似身在云端一般。

没过多久，脚下大地奇异的震动便又停住了。

"怪哉，昨日这地也是摇晃个不止。"小言只觉得这地震动得有些莫名其妙。

"嗯，这《风水引》也交给你了，我便先回去了！"

小言正自感慨之时,身旁的灵漪儿却突然冒出这句话。然后,她也不待小言答话,便是一个回身,已然飘向鄱阳湖湖水之中。

正自缓缓而没的灵漪儿,望着还愣在岸上的小言,忽地一笑道:"有空我便来找你玩。"说完,她便消失在鄱阳湖潋滟的波光里。

"飘然而来,飘然而去,这个灵漪儿啊,还真是不同一般呢……"

芳踪杳渺,烟波路迷,小言望着眼前茫茫无际的鄱阳湖湖水有点出神。

呆呆望了一会儿满湖的烟水,小言忽然记起自己还要返回花月楼做工。一想到这,正在出神的他赶紧收拢神思,回身上路。

告别了龙宫公主,此时的小言倒是满怀欣然:"呵!我张小言何德何能?竟然能结识到这两个天仙一样的伙伴!呵呵,对于我这个混迹于市井陌巷、只能略求些温饱的穷小子来说,还需要奢望更多吗?还是早点赶回花月楼吧,勤奋些做事,也好多赚些银钱,拿回去孝敬双亲。"

小言加快了脚下的步伐,迈着轻快的步履,离开鄱阳水泊,直往饶州城赶去。

日子,便这样悠悠地过去。

除了做好自己的本分,小言常拿出那本《上清经》仔细研习。

自从那日在鄱阳湖中见识到法术的神妙之后,小言对这些近乎神鬼的东西便不再像以前那般不以为然。虽然圣人诗书照读,但这些术法经文,小言也是留了心。

自从被灵漪儿这位"师父"领入堂奥之后,小言再读这本《上清经》时,发觉以前许多不解的地方,现在都豁然开朗。虽然,后面那两篇炼神化虚,依旧复杂难读,但自从那夜在马蹄山头进入奇妙无为之境后,小言对这两篇文字,却也并非全然懵懂。

在这些日子当中,灵漪儿又来找过他几回。每次她来,小言都跟她坦然相对。两人谈笑无间，浑不觉人神之间的迥异。

花月楼中，夏姨依旧和蔼，身遭的众人似乎都没有什么显著的改变。

脚下的饶州大地，却仍是隔三岔五地震动一番。久而久之，众人倒也是有些习以为常了。

直到第二年二月里的那一天，这所有所有的一切，对小言来说，便突然间全都改变了。

那是个月圆之夜。圆盘一样的月轮，静静地挂在天穹中，将它银白的月华洒在饶州大地上。此时已是寅初之时，所有人都正睡得香甜。

改变，就在这一刻突然发生了。

所有正在梦乡之中的人，突然之间都在蒙眬之中隐隐感觉到身下的床榻正在左右摇摆。

"呃！又地震了。"

现在饶州民众对这样的震动已是习以为常，反正再过一小会儿，这震动便会自行消退。

清醒一些的人，似乎享受着这样的颠簸；睡意正浓的人们，则在这摇篮般的韵律中，复又沉沉地睡去。

只不过，这一次的大地震动，却再也没有像以往那样立即消失。已过了一炷香的工夫，众人发觉自己身下那股摇颠晃荡不仅没有消退，反而越发地厉害起来。

这时，人们才害怕起来，赶紧匆忙裹挟一些衣物细软，奔避到屋外的空地上。

每个人面对古怪震动都会生出退避反应，小言自然也不例外。虽说生性胆大，但面对这般长久不歇的晃动，他也是内心惶惶。再经得门外相熟小厮的几声招呼催促，小言便赶忙穿好衣物，将床下的银钱书籍，都放入怀中。

仓皇之间,却也不忘将玉笛神雪插入腰间。

临出门时,小言又顺手将那把无名钝剑带上。若是遇到啥怪异,也好挡一挡,聊胜于无。

出得花月楼,小言这才发现,月光底下的街道上已站了许多街坊邻居。所有人都在交头接耳,谈论这场持久不衰的震动。此时,原本应该静谧安详的街道,却如早晨嘈杂的菜市那般喧闹。

渐渐地,所有人都感觉到脚下这震动越来越厉害了。嘈杂的话语渐渐平息了下来,所有人都失去了说话的兴趣,只是不约而同地往宽敞之处聚集。

小言偶尔抬头看看天上,却发现头顶月亮依然似圆盘一般,周围并无一丝云翳遮蔽,可怪就怪在这个地方:天上这圆若轮盘的满月,现在看上去,却只让人觉得黯然无光!

整个天空中,正呈现出一片诡异的黑暗。

正看着墨色天空不住沉思的小言,猛然发觉,自己手中这把无名剑却突然颤动起来,在指间扑腾跳动,直欲飞出手去。小言大惊,赶忙紧紧握住手中的铁剑。恍惚之间,他竟似乎听到自己手中之剑,正在兴奋地鸣叫!

正自惊疑不定,偶尔一低头的小言,又发现自己别在腰间的神雪此刻正在发出幽幽的碧色光华。幸好,除了小言之外,已经没人会注意到这玉笛的异状了。因为正在这时,只听得好多人突然不约而同地惊声呼喊:"快瞧东头!"

小言闻言一惊,赶忙也向城东望去。这一刻,饶州城中无论是卑微的小民,还是显达的权贵,俱都看到一幅妖异而又壮美的奇景:

只见饶州城东上空,诡异的黑色夜空之中,正流窜着各色光华,似雨、似雹、似龙、似蛇,正在那里闪耀、舞动、奔流。整个墨色的夜空中,便如同正下着一场杂乱无章的陨星雨。

突然，和着脚下的震动，所有人都感觉到，东边天上这场陨星雨坠落消失的刹那间，轰隆一声，有一股巨大的力量在自己心底突然炸响，如洪水般冲击、震荡着自己的心魂。

这是一声听不到的巨响，却振聋发聩！

随着这声诡异的巨响，人群中意志坚韧的小言却发现自己几乎抓不住手中的剑。力气已是非同小可的他，只有拼尽全身之力，才能将这把无名之剑堪堪抓住！

幸好，待得这声惊心动魄的巨响过后，众人脚下的震动慢慢平息了下来。

小言手中这把无名剑，也似筋疲力尽一般，终于懈怠下来，平静地躺在他手中，又回复成一截懵懂无知的顽铁。

虽然诡异的震动已然平息，但惊魂未定的人们却还是不敢回屋，只在那儿三三两两聚集着，或惊恐、或兴奋地谈论着刚才的异状。分散在街角四处的人群，还不时因为观点不合，发生一些争吵。

当奇异的月轮渐渐隐入西天，东边的晨光开始熹微明亮之时，所有人却都停住了口中的话语，尽皆屏住呼吸，一齐望向晨光微露的东方：只见饶州城东边，原本应是空无一物的天空上，现在却高高耸立着一座直冲云霄的雄俊山峰！

是年，《饶州方志》中记曰：冬末，二月，丙戌望，地震剧，众星东流，如雨而陨。星雨没，仙山出。

《鄱阳县志》中记载：冬，二月，丙戌望，月满食，地大震，星陨如雨。天明，有峰突兀，立于鄱阳县西……这正是：

韬晦千年似小眠，

野老村夫锄作田。

一朝还复峥嵘貌，

扶摇直上九重天。

第七章
虹桥腾空,送我直上青云

对于张小言这个混迹于饶州市井的山野少年来说,他原本平稳无奇的生活轨迹,正面临着一个巨大的转变。

一向平稳过活的少年,突逢他这一生第一个剧变。

就在那个微寒的冬末二月,在那个月满如轮的奇异夜晚,少年小言家世世代代唯一的财产——一座平凡低矮的荒野山丘,在漫天的光华飞舞之中拔地而起,突兀入云。这座向来平常无奇的小山包,现在却以一种伟岸雄丽的身姿,傲然屹立在饶州城东方。

现在,方圆几十里,无论是在鄱阳湖畔的鄱阳县、石南县,还是在饶州城中,人们只要抬头眺望,都可以看到马蹄山崔巍峻拔的山形。

而对于这一切,那晚混杂在人群之中观望的小言,却是全然不知内情。

见到城郊突然耸立一山,遮云蔽日,初时的惊诧过去之后,小言突然想到这山的大致方位,与自家马蹄山相近。

一想到这儿,小言顿时焦虑万分,要知道饶州城中已是震得这般厉害,还不知道自己家中……

小言再也不敢想下去。他心急如焚,再也顾不得和旁边的市井汉子谈怪扯闲,起身急急往家中方向赶去。

离巍峨的山峰越近,他的心便越往下沉去。

朝着突然耸立入云的山峰而行,基本便是回家的路,离家越近越感觉到山峰所在的大致的位置,正在自家马蹄山所在之处!

很不幸的是,待小言走到山脚下,比照着周遭的景物,终于发现这座清晨突现、现已是云雾缭绕的峻伟山峰,正是自家原来占地虽广但着实低矮不起眼的马蹄山!

在确定此事的一瞬间,小言的心里便立时似被猛兽利爪狠狠掏了一把。一种从未有过的惶恐无措的心绪,立即填满了他整个心房。他整个人的心神,都似正在不住地往无底深渊中坠落、沉沦……

魂不守舍的小言赶紧绕着马蹄山的山脚,找寻自家那座草庐。

虽然现在这马蹄山的景况已经大异以前,但小言并没有费多少力气,便看到自己无比熟悉的那座草庐,仍然坐落在那里。只是,三间原本几近在山脚平地之上的草庐,现在已经升到了半山腰!

那家中的爹娘会不会……小言心下大恐,赶紧披荆斩棘,急急朝自家草庐奔去。

小言心中忧虑万分之余,却不由自主生出一种荒诞感觉:何时自己回家,需要确确实实地爬山了?

赶到自家草庐不远处时,小言惊喜地发现,自己牵挂无比的爹娘正在自家草庐倚门而望。

虽然现在马蹄山上到处山石嶙峋,大异从前,但小言惊奇地发现,不仅自家草庐完好无损,就连门前的石坪空地,还有鸡舍篱笆,竟也是原样保存!

"怪哉! 怪哉!"

小言把这句几天来已说了好几次的话,又在心中反反复复地念叨了不

知多少遍。

向爹娘一问才知道，夜里小言等一干在饶州城的民众，看到马蹄山上空那么多古怪，而自己的双亲，竟是一无所觉。直到这天清早，小言娘出来喂鸡之时，才发觉眼前的天地，早已与昨晚迥异。

乍睹此状，老张头与老伴，都以为自个儿懵懂未醒，还在梦中。

"呵！其他且不管它，只要家人俱安便好。"

见爹娘无恙，小言心下大为宽慰。

因为曾与龙宫公主灵漪儿相识，又目睹过诸般怪异，现在已经有些见怪不怪的小言，便以为这事会就此平息下去。

但让他没想到的是，在接下来的日子里，他却再也不能回复到以往那般清闲了。

自小言家马蹄山突然拔地而起高耸入云，鄱阳左近的州县，便将这事传得沸沸扬扬。那些闻讯而来访胜历奇之人，真如过江之鲫，络绎不绝。初时小言他们还能勉强接待，多了却也实在是不胜其烦。

随着这些寻幽探胜之人接踵而至，现在饶州鄱阳地界上，关于马蹄山前所未闻的奇异变故，流传着种种说法。其中不少说辞在小言听来，简直比马蹄山之事本身还要离奇。

就算在这时，少年小言也还不知道自家这山的突变，会给自己今后的生活带来什么变化。他想，再过几天，等这事平息下来，自己便应该会回花月楼去，继续去当他的酒楼乐工吧。

小言一家一直抱着这种想法。

直到有一天，有几位特殊的客人上门拜访，小言才知道，自己这一生，恐怕不能只是混迹于陋巷之中，谋些衣食温饱钱了。

大概是在马蹄山突然拔地而起，耸立在饶州城东之后的第五天，小言家中来了几位道士。这些道士郑重地告诉眼前一脸诧异的小言:他家这座突然拔地而起的马蹄山,正是道家宝典《云笈七签》中记载的七十二福地之一,更是上古子州真人的修炼飞升之地。

典籍记载:饶州鄱阳马蹄山,修道之仙山,飞升之福地也!

这天清晨,小言来到屋前石坪西侧的鸡舍前,打开鸡舍竹门,放这些鸡出来自去觅食。

待他直起腰来时,却看到几位道人正顺着蜿蜒的山路往自家行来。

见有人来访,他便不急着回屋,就站在石坪树篱旁,看着这几人上得山来。

还在半道上,行人中走在最前面的一人,却已是仰面朝自己这儿大声打着招呼:"小言小哥儿,近来一向可好?"

"嗯?"小言耳力不错,虽然隔得颇远,但这话已是听得分明。他心中思忖道:"怪了,这声音怎么听着这般耳熟?"

且不提小言疑惑,山下这行人脚力也颇快捷,不一会儿,便已来到小言跟前。

等这五位道人来到近前,小言便朝为首打招呼之人,细细地打量,越瞧便越觉得这位道长看起来好生面熟。

"敢问道长您是?"

"哈!张家小哥儿啊,忘了老朽且不计较,难道小哥儿也忘了数月之前的小盈姑娘?"

"您是成叔?!"

正可谓"一言点醒梦中人",听得道人如此一说,小言心下顿时恍然:眼前这位一副仙风道骨模样的道人不正是几个月前在稻香楼中结识的成叔吗?

"呵！小言啊，他就是贫道的师叔，罗浮山上清宫'上清四子'之一的灵成子！"自成叔身后转出一张老脸笑得极为灿烂之人，正是饶州城中的老道清河！

"呃！"小言这才瞧清楚，原来成叔——呃！现在应该叫灵成子——身后跟随之人，大多都是自己的旧相识：上清宫饶州善缘处的清河老道，净尘、净明俩道士。只有一位与清河老道年纪相仿的道人，却是不识。

虽然小言对数月前的成叔突然变成上清宫的仙长，心中大为疑惑，但还是因循待客之道，赶紧将这几位客人迎进屋内。

"呵呵，小言小哥儿不必疑惑。"落座之后，灵成子主动跟小言解释了上次化身"成叔"的原因，"我与小盈姑娘家中之人素有交往，她家家主不放心女儿出外远游，便托贫道一路照应。"

"哦，这样啊！"

此后，灵成道长又将小言不识之人给他介绍了一下。原来，那位表情严肃的道长，正是灵成道长的徒弟清湖道长，与清河老道辈分相同。

和这几位道人略略寒暄了数语，小言便知道了这事的大概。

原来，远在罗浮山的上清宫，却也是消息灵通。知道饶州境内出了这等奇山，便立即托在外云游的灵成子前来与马蹄山山主接洽。与昨日三清山道士一样，上清宫也想在道家福地马蹄山上兴建上清宫别院。

"不瞒小哥儿说，上次来你家马蹄山游览，也是因贫道读得经籍之中的记述，想来看看这山是不是传说中的仙山福地。说来惭愧，贫道法力浅薄，当时未曾见得多少仙灵之气。现在等仙山拔地而起，才知道，原来它真是我道家宝典《云笈七签》中记载的七十二福地之一，更是上古子州真人的修炼飞升之地。"

"嚯！这么厉害！"张小言又惊又喜。

"说起来,上次还要感谢你们的热情款待。据贫道所知,上次那位小盈姑娘,对小言你可是印象颇佳呢!"灵成子道。

小言听了,不知如何作答,只在那儿呵呵傻笑。

"其实,小言小哥儿,你早已与我上清有缘。"灵成子又道。

"啊? 和上清有缘?"小言看向旁边的清河老道。

却听灵成子道:"其实,你早已修习了本门上清之功。"

"我? 修习了上清功法?"听了灵成子的话,不仅张小言莫名其妙,净尘、净明两个小道士也是面面相觑。

见他们如此,灵成子一声轻笑,回首将那脸上一副事不关己神态的清河老道唤上前来,道:"想来,应是师侄你教会小言上清之功的吧?"

"呃! 师叔慧眼如炬,正是贫道将我教《上清经》传予小言诵读,还请师叔恕我自专之举。其实我也是看小言……"

清河老头儿正要辩解几句,灵成子却又大笑几声,不让他继续说下去:"弘我上清真义,又何必拘泥于外相? 师侄你不但无过,还立下大功。待回去后,我自会禀明掌教师兄,恕了你十年前的罪过。"

"多谢灵成师叔!"一直一副漠不关心模样、方才口里虽说着恕罪但其实语气还是淡淡然的清河老道,现在却突然如换了个人一般,连连卑声称谢不已。

"咦? 十年前的罪过? 呵! 看来清河老道来我们这饶州厮混,还真不似他所说那啥下山历练,而是犯了什么错被分派到这儿来的呀!

"什么错呢? 装神弄鬼哄人钱财? 那样的话,这老头儿还真个是知错不改呢! 嘻!"

听了灵成道长这番话,小言心中忍不住这般促狭地想。

小言与清河老道熟识已久,这番想法只觉好玩,倒也没什么恶意。

"好好好！既然张小言身具我上清教门之功,那本门这四海堂副堂主之位,于你而言更是合适了！"

"啊?!"小言大吃一惊,愣了片刻才道,"上清宫的大名,我早已是如雷贯耳。只是我张小言年少人卑,恐当不得如此大任。"

"小言且莫再谦让,这事如此便算说定了！"灵成子斩钉截铁道。

见他这样坚决,小言只好躬身拜谢:"既然道长如此说,我如果再作谦让,便似作态了。"

就在这时,只听得天上咔嚓嚓一声霹雳。伴随着开春第一声惊雷,众人只见屋外霎时间便是细雨绵绵。

灵成子见此,笑道:"呵！好一个'喜闻惊雷听春雨'！恐怕这老天,也在替小言小哥儿高兴呢！

"今日闲谈既过,贫道等人也不便羁留。待贫道回去略作筹划,择日再来贵山商讨诸般事宜。"

小言听得灵成子告辞,又是一阵留客。其间,他又提到风雨正稠,不如等风雨停歇再走。

灵成道长听了,却只是呵呵一笑,道:"既然小言已入我门中,那贫道便不妨使出些手段来,好让小言得知,我罗浮山上清宫,也有些还算说得过去的法门。"

说罢,便见这位上清宫灵成子,踱到屋外石坪上,稍一凝神,然后便将袍袖一挥。小言只听咔啦一声,见庐前石坪上竟平地生出一道白虹,并且不断凝聚延展,便似一道拱桥一般,从自家门前石坪之上直架到山脚下！

见小言一家看了自己这座雪光熠熠的"虹桥",俱是呆呆愣愣的样子,灵成子也不多言,只微微一笑,朝他们一拱手,便与上清宫诸人无视漫天的雨丝,依序缓步走上弯如玉龙的虹桥,直往山下悠然而去……正是:

飞鸟风凌,凭天无受霜泽扰;

贫庐虹起,借山结得烟霞缘。

第八章
一骑烟尘,春衫少年豪气

如同做梦一般,饶州少年张小言成了名动天下的罗浮山上清宫四海堂副堂主。

对他这个穷小子来说,这是自己做梦也不敢想的梦想,没想到今天竟一下子实现了,实在叫人难以置信。

这不,在刚开始的几天里,小言对这事也常是半信半疑,甭说是什么副堂主,就连自己已然成为上清宫弟子,都有些让他不敢相信。他常常扯住清河老道,反复确认,弄得清河老道简直有些不堪其扰,以至现在远远一见小言走来,便立马似那兔子见了狼狗一样,赶紧绕道,仓皇而逃!

多亏了上清宫高超的办事效率,不久便给小言吃了颗定心丸。那个春雨绵绵之日,灵成子等人跨白虹飘然而去后,只过了三天,他们便带来数位上清宫弟子,又在饶州、鄱阳左近募得大批木石工匠,开始在马蹄山上大兴土木。

现在,小言已经辞去花月楼那份乐工之职,整日便在马蹄山上闲逛,与那些上清宫弟子一起监工、巡查。

只是,小言本是穷苦人家的孩子,向来吃苦惯了,现在啥都不干,只在一旁瞎逛,反而让他很不习惯。所以,在开始的几天里,小言常常忍不住撸起袖子就要上前帮手。

不过,小言这热心之举,在别的上清宫道士眼里却是很不正常。小言每每会被旁边的道人止住:"且住! 想我等上清宫弟子,又岂能撸袖露臂,做这等俗事? 没的堕了咱罗浮山的清名!"

虽然小言还是不太能理解,这顺道帮个忙、搭个手,怎会就损了教门的清名? 不过,这些个道人都可以说是自己的前辈,既然这么提醒,自有他的道理,现在也不必多劳心费神地去想。并且,往往这种时候,小言才会突然想起来,原来自己已是上清宫的弟子了,而且还是啥副堂主!

据这些天的观察,小言了解到罗浮山上清宫势力确实广大。不说别的,单钱财一项,便十分丰厚。像诸般人工采买事宜,小言便觉着这银子似流水般花了出去,可负责钱粮支出的清湖师叔却面不改色,浑当是街边买菜一般。

未见过太多大场面的小言,看到这儿,每每都是咂舌惊叹不已!

与小言相熟的老道清河,因识人有功,现也被委任为上清宫马蹄山别院的督建者,自此便告别那劳什子"饶州善缘处"的闲职了。

只不过,在小言看来,这老头儿虽说担了重职,却还和往日一般,整日悠游戏笑,浑不把马蹄山建观之事当成啥了不得的事放在心上。

一转眼,便已经过去了大半个月,已到了阳春三月之尾了。

现在马蹄山上,遍山苍翠,草木葱茏,满山青绿的草木丛中,星星点点散布着各色不知名的野花,点缀着恰似碧云染就的春山。

山野的空气里,到处都飘荡着春虫织就的细软烟丝,如雾,如絮……已分不清是花香,还是草气,现在整座马蹄山的山野,似乎都氤氲、蒸腾着一股让人心醉的气息,便如醇厚的陈酒一般。正是:遍青山啼红了杜鹃,荼蘼外

烟丝醉软!

在大好春光中，才刚刚适应自己上清弟子身份的少年张小言，又听到一个消息。这消息，令他又半信半疑了好几天。

原来，那个远在罗浮山的四海堂正堂主——刘宗柏刘道兄，现已正式辞去堂主之职，归于上清宫抱霞峰弘法殿，专心研习道家义法，冠得道号"清柏"。就刘宗柏留下的空缺，上清宫目前任事辈分最高的上清四子一致决议：鉴于四海堂副堂主年少有为，恭勉勤谨，现正式擢升为四海堂正堂主，并望早日前去罗浮山视事。

盯着飞鸽传书而来的消息，小言心中暗忖："呀！这些日子只顾闲逛，倒还不知道，我这四海堂中竟还有其他副堂主。"

于是，小言赶紧向旁边的清河老道讨教。

听得小言如此相问，清河老头儿却哈哈大笑："哈哈哈！我说张堂主啊，你有所不知，我上清宫这俗家弟子堂，好多年来只有一位正堂主，而小言道兄你，则是这些年来第一位，也是唯——一位副堂主！"

瞧着一脸惊愕的小言，清河老道更是觉着可乐，接着说道："这'年少有为'之语，不正是说你嘛！难道还是说我这个糟老头儿？哈哈！"

"……"刚刚知道事实的小言，却一时不知道说什么好了。

"恭喜恭喜！这下，张堂主可要舍出几杯松果子酒给老道了！"清河老道自尝过小言家的松果子酒，便对那清醇绵长的味道念念不忘，以至现在老惦记着小言家的酒坛，一有机会，便极力起个由头，缠着小言请他喝酒。

"唉！要离开饶州了。"

小言一时却有些失神，没理会清河老头儿的浑缠。

也难怪小言出神。说起来，他长这么大，虽然早就离别山野，去饶州城中谋生，但无论如何，还从没走出过饶州地界。最远，也不过是去鄱阳县鄱阳湖周遭走动,却也还在这饶州境内。

虽然,迫于家境,小言早已在茶楼酒肆、穷街陋巷中谋生糊口,南来北往、三教九流之人,也是见得多如牛毛,每每听得南北的江湖商旅,说起那些个外地的奇闻逸事来,也是向往不已,但现在这"调令"到了眼前,真要让他远离故土家庐,去远在东南的异地他乡,却还是有些不舍,或者说有些茫然。

不过,待初时的愣怔一过,小言转念一想,却又释然。正所谓"好男儿志在四方",能去天下闻名的罗浮山上清宫,可是多少人求都求不来的。现在竟有如此良机,又如何能犹豫不决?再想到灵成子道长显露的那手神妙法术,小言更是心动不已!

将此情形跟家中爹娘一说,他们也是大为赞成。不过,小言却有些放心不下二老,便拜托老道清河常常替他照应一下。现在因为自家松果子酒,老道清河和自己爹爹老张头,已经熟悉得很。

既然知道自己一时半会儿回不到家中,小言又推迟了几日行程,花了些银两,雇人将家中屋庐整葺一番,用砖石将屋墙加固,这才放心。

这几日,灵漪儿知道了小言不久便要去东南粤州的罗浮山,知道山高水远,路途险恶,颇有些放心不下。于是,她便约小言又去鄱阳湖的僻静水湄之处,将自己习得的冰心结和水无痕法门教给小言。

待小言背熟,灵漪儿却又似想起什么,叮嘱道:"那冰心结,恐怕不是那么靠得住,使用后定要小心!万一情形不对,便赶快逃吧!"

小言见灵漪儿如此担心,很是理解,心中暗道:"呃?我这是去罗浮山上清宫学道,可不是去捉妖怪、与人相斗。不过,灵漪儿却也是一片好心。"

想到这儿,小言便诚恳地向灵漪儿致谢。

见小言如此多礼,灵漪儿抿嘴一笑,道:"那管玉笛神雪,便还放在你那儿吧,若是在罗浮山愁闷,还可吹着解乏。只是,以后可别坏了本公主'雪笛灵漪儿'的名头哦!对了,差点忘记了,本公主一向慷慨,这次你远行,少不得也要赏赐一二了!"

虽然她这话说得有些颐指气使,但小言与她相处久了,知道灵漪儿和他这般说话,只是开玩笑而已。

待灵漪儿说完,却见她自袖内掏出一对白玉莲花,递给小言:"喏!这便是本公主的赏赐,收好了!"

待小言接过,灵漪儿又忍不住加了一句:"你……若是到了手头乏用之时,便将它卖了吧,也可换得好几两银子!"

虽然好心,但这位龙宫公主却不太晓得钱财的概念:这对鬼斧神工、造化天然的龙宫玉莲,可谓无价之宝。若真转卖出去,又何止是几两银子的价钱!

看着手中这对左右相称、晶润妍然的白玉莲花,小言又何尝不知道其价值。当下,他颇为感动,道:"多谢公主赐给如此宝物。可是……我却并未曾带得什么好东西来,可作那临别赠物!"

"这样啊……笨!刚才本公主送予你的这对白玉莲花,不是正好有两只吗?你现在可以将其中一只再回赠给我啊!"

"呃?本来便是你的,再拿它送你……这合适吗?"

"那有什么,反正人家觉得合适得很!"

于是小言便将其中一只白玉莲花递还给灵漪儿。

"对了,灵漪儿,以前便曾听你提起,这'雪笛灵漪儿'名号竟是四海驰名。只是,我在这饶州城内,也算是消息灵通,却为何未曾听人说起过?"

"笨啊!是四海驰名,当然你们不——"刚说到这儿,灵漪儿却似是想起什么,突地止住不言。

小言听她话只说得半截，便有些诧异，凝神去看灵漪儿的面容，却见原本欣然的女孩，现在脸色却有些黯然。

小言不知何故，问起灵漪儿，她却只是不说。

水面风起，烟波路迷。在这一湖春水之湄，两人便这样分手道别。

终于到了起身前往罗浮山的日子。

不提小言与双亲，还有饶州城中相熟之人自有一番难舍难分的道别，且说那位一直送小言走了好远的清河老道，在临分别之际，从袖中掏出一本书，递给小言。

小言迷惑，将书接过来，见麻黄纸面上书写着几个端朴的隶字：镇宅驱邪符篆经。

小言正不解何意，却听清河老道难得正经地说道："小言，你到了罗浮山中，做了四海堂堂主，若不得意时，可研读此经，也好打发时日，挣得几分酒钱。"

说罢，便转身头也不回，飘然而去……正是：

曾听水龙吟，

曾看凌波舞。

一生痴绝处，

无梦到罗浮。

和老道在古道长亭处别过，小言便与那位陪他同行的上清宫弟子一起上路了。

此去罗浮山，路途甚是遥远。小言用自家赏赐所得金银，购得两头毛驴，与那同行的年轻弟子，一人一头。

骑驴行走在泥土路上，夹道都是青草翠丛，呼吸间都是熏人的草木之气。

长路漫漫，过得一阵子，这景色也就看乏了，小言便和身边这个上清宫弟子攀谈起来。

这个引路陪他去上清宫报到的年轻弟子姓陈，名子平，比小言大了不少，今年已是双十年华。

几句话攀谈下来，小言便发觉这个上清宫门人，并不太善于言辞，常常是小言问一句，他才答一句。再瞅瞅他的面相，便让人觉得端庄肃然，是一副从来都不苟言笑的模样。

特别是他那两道眉毛，生得比较特别，比一般人的看起来要长一分，向左右斜斜飞起，眉头离得比旁人都似要靠近一些。只这两道浓眉，就让这个道士打扮的青年，显出几分勃勃的英气来。

不知不觉中，两人身下的毛驴在绿丛夹道的泥土路上，已是踢踢踏踏行得好长一段路程。

两个年轻人一路闲聊着，倒也不觉得旅途烦闷。一路上逢村住宿，遇镇觅食，过了十四五日光景，两人来到一处名叫罗阳的村镇。

小言这些时日以来，一路也走过许多村寨，但到了罗阳，却见这镇子别有特色。

第九章
风过罗阳，谁家女孩如玉

进得罗阳镇，走了一阵，便觉得罗阳占地颇为广大。又见城寨内多植青竹，到处都可以看到成片的竹林。

街上来往行人的装束，也与一路看来的大为不同。虽然不少人都还是汉族衣冠，或短襦，或长袍，若饰花纹，多以动植物、几何图形为主，但除了这些与饶州地界相似的衣着打扮外，还看到不少衣饰奇特的男女。

比如，小言一路上碰到不少女子，无论老幼，上身都穿着镶边或绣花的大襟右衽衣裳，头上裹青色布巾，耳戴银质坠环，领口别有银排花，下身则常穿齐膝的短裙裤，裤脚上往往绣着精巧的花边。那些奇袍异服的汉子，则多穿黑色窄袖的右开襟上衣，下着宽肥长裤，裤边多皱褶。他们的袖领裤脚上也都镶着花边，只不过颜色图案均不如女子身上所着的那般绚烂繁复。

还见着几个女子，衣着又有不同：身着短上衣、百褶裙，裙色以青、白居多。尤为奇特的是，这些女子身上银饰尤多，头、颈、胸、手等部位，都挂着银光灿灿的首饰；环于胸前的挂圈上，银质垂链犹多，颇似缕缕流苏璎珞。

看着那一挂挂的银饰，小言不禁对身旁的陈子平大发感慨："唉！这么多银子！这地方好生富足！"

"呵呵,这罗阳地界,是汉夷聚居之地。你看到的这些,多是苗人、彝人,衣尚银饰,风俗便是如此。这儿还有很多特殊的民俗,实不是我等道门中人所能理解。"

说到这儿,陈子平的语气却似有些叹息之意,只不过小言正忙着四处张望前所未见的风土人情,并不曾留意身旁上清宫弟子陈子平话中的感慨之情。

见小言颇有流连之意,再看看天上的日头渐渐西斜,陈子平便提议道:"既然道兄如此喜爱此处风物,不如我们便在此歇下,明早再来街道上观赏一番?"

"好!"这提议正合小言心意,当下便大加赞同。

小言又回想起这一路走来,自己看到的山山水水,心中不禁大为感喟:"这些天真是大开眼界!且不管到上清宫能学得多少法术,只这一路见到的新鲜景况,便不枉此行了!"

又走了一阵,两人寻得一家客栈,便招呼店家将毛驴牵去喂好,两人就在这儿歇下了。

一夜无话。

第二天清晨,两人起来洗漱完毕,略喝了一些稀粥,小言便招呼上陈子平,兴冲冲地去街头闲逛游览。

昨晚风尘仆仆,一时还未曾细细看得;现在得了空闲,这一路摇摆赏玩,小言便发觉,眼前这罗阳镇竹子还真不是一般得多。

街道两旁的楼馆房舍,无论是民居还是酒肆,均为竹楼。年代久远一些的,那竹楼便呈浅黄之色。

这些个或青或黄的竹屋,在青翠竹林的掩映下,显得格外宁静安详。偶尔一阵风来,便是满街的簌簌竹叶之响;竹林特有的清新之气,随风扑面而来,让二人觉得神清气爽。

正在游逛间,小言却突然看到,前面街角之处正围着一圈人,人群之中还不时发出阵阵叫好之声。反正也是闲逛,小言便拉着陈子平也凑上前去看热闹。

等两人走近才知道,那儿围的人还真不少,里三层外三层地堆着。小言两人便绕着人堆转了转,找了个人略微少一些的地方,往里挤了挤。

往场中一看,才知道是一位江湖汉子正在街头卖艺。

场面话大概也说过了,现在那汉子正在场中央卖力表演。只见他上身精赤,露出强壮的肌肉,表演的正是棍术。

看来,那汉子在棍术上颇有造诣,手中那一根棍棒直舞得虎虎生风,如风车一般旋转,让人眼花缭乱、目不暇接。

看着棍舞得精彩,旁边围观的人群中不时爆发出阵阵叫好之声。

瞧到精彩的地方,小言也不禁心折,跟着别人大声叫好。他一边喝彩,一边感叹:"看来这江湖之中,还真有不少奇人异士啊!"

且不提小言心中赞叹,却说那场中的汉子,也是舞到了兴头上,只见他大喝一声,不再在原地舞弄,而是满场游走,他手中那根齐眉棍,则舞得更欢了。在旁人眼里,这棍棒上便似是被施了什么魔法一般,已经离开他双手的掌握,只在汉子周身上下左右舞动飞腾,如一条游龙一般!

见此情景,围观诸人竟都忘了喝彩,俱都静静地看着场中这宛若风车般的漫天棍影。直到那汉子挽了几个漂亮的棍花,收棍立定之后,众人才反应过来,霎时间围观人群中哄然爆发出一阵震天的喝彩声。

喝彩声如此巨大,直惊得几个街道之外那只正在街边觅食的乌鸦猛然惊起,在罗阳上空不断盘旋,嘎嘎之声不绝于耳。

在人群里,小言口中喝彩之声也是叫得震天响。他身旁站着的陈子平

却是一脸淡然，似是并不怎么觉得惊奇。

发觉这一点，小言心中暗赞："看来，罗浮山上清宫果然不凡，上清宫弟子的养气功夫，真个是不同凡响。"

待众人喝彩之声渐渐平息，那汉子也甚是得意，抹了抹额头沁出的汗水，便满场里一抱拳，响亮地说道："鄙人不才，这棍术在江湖之上，却也是薄有威名——正因为我手中这条枣木棍舞动起来，速度实在太快，江湖上的朋友便送了我一个外号，叫作'水泼不进'！"

听得汉子最后这一字一顿的四个字，众人又是一阵叫好。小言听得这卖艺汉子一番说辞，却不由得想起半年前望湖楼旁那位王二代杖："呵！若是让这位'水泼不进'来执杖，恐怕那位王二代杖老兄，便不敢再夸下那般的海口了吧！"

大半年过去，人事已是几经变换。现在小言再想起鄱阳湖边的王二代杖，竟觉得还有几分可爱。

场中的江湖汉子听得众人尽皆凑趣，更是来了精神，霎时间口若悬河，又将他这棍术猛夸了一番，还特别举了几个自己"水泼不进"的光荣事例，直说得绘声绘色。

汉子虽满嘴的走江湖之言，小言却听得津津有味。

正当众人听那汉子说故事之时，却不防人群中忽有人干脆地说了句："什么'水泼不进'？我看却只是吹牛！"

说话之人的声音，在小言听来，有几分奶声奶气。

那江湖汉子已是说到兴头上，正自扬扬得意，这扫兴话一落在他耳里，他顿时大怒："是道上哪位朋友？如此不给面子，却来扫兄弟的场子?！"

说话之时，两眼只往人群里来回踅摸，要找出大言不惭的寻衅之人。

小言也自奇怪，却听得旁边一位本地打扮的老者说道："唉！这外乡人恐怕是要倒霉了!”

“正是!”小言接茬道,“不知哪位这般不识趣,竟敢惹这般武艺高强的汉子!”

“嗯?”听得小言搭的这话茬,那位老者却有些奇怪地看了他一眼,说道,“老汉说的这快要倒霉之人,却是场中的这位好汉。”

“啊?!”小言满脸惊讶。

“这位小兄弟,是外乡人吧?”

“是啊,老丈您这都看得出来?”小言心下佩服,他今天出来虽换得一身便装,但自己那说话口音却与此地汉人无异。

“呵呵,非是老汉有眼力,若是本地之人,谁不晓得那小狐仙的名号?”

“小狐仙?”

小言正自摸不着头脑,却见场中突然走进一个稚气未脱的红衣小女孩,蹦蹦跳跳地来到那个正自四处张望的江湖汉子面前。

只见小女孩两手叉腰,仰脸嫩声嫩气地冲汉子说道:“你是不是真的那么厉害,‘水泼不进’?”

“当然! 谁家的小女娃? 别来烦我,没看大叔正——咦?!”

正自不耐烦的江湖汉子,觉得这女娃儿的声音怎么这么耳熟:“难道方才便是你在捣乱?”

这时,小言也瞧清楚了。

这个突然走进场中的小女娃,头上还扎着两个总角小辫。但瞧她稚气未脱的嫩脸,却已是生得明艳绝伦,尤其那小嘴儿一噘之时,让人只觉得她那脸蛋儿粉嘟嘟的,都忍不住要上前捏上一把。宛如雪光的俏脸,再映衬着那身火红的衣衫,整个人便似是粉妆玉琢一般。

“好个人物!”却是少年小言忍不住出声赞叹。毕竟这一路南来,许是阳光渐烈,越往南行,女子肤色便越不如北地那般白皙。乍见了这样的好人物,小言忍不住心生赞叹。

"小兄弟,她便是老汉方才所说的小狐仙!"

见小言一脸迷惑,正在一旁的陈子平出声说道:"什么狐仙? 眼前这小女娃儿,便是个狐妖! 也不知贵地为何有这样的风俗,竟大都不以那妖物为恶,还称之为仙!"

后半句,却是对那老者说的。说这话时,陈子平一脸郁闷。

"呵! 这位道长,要老汉说啊,那世间的异类精灵,却也不都是坏的。"

听得这话,上清宫弟子陈子平还是一脸的不以为然,但许是敬那老者年高,却也不再出言反驳。

这边三人正说话间,却见场上的小姑娘似是恼别人说她年纪幼小,便出言要试试那汉子的棍术是不是真像他宣扬的那样真是水泼不进。

那江湖汉子却不知这女孩底细,正是自信满满,心说也不知谁家走出来的这个不知天高地厚的小女娃,正好借着她乳臭未干,来显显自己的手段,好让罗阳的民众,知道他真州好汉赵一棍"水泼不进"的本事,这样也好心甘情愿地将大把的金银奉上!

第十章
狐女倾盆，竹光水影俱空

"呀！既是狐仙，那便应该有些异能了。这场中的汉子，若不使出全身气力来，恐怕便要吃亏了！"

听了老汉的话，小言倒颇替场中的卖艺汉子担心。

"若依老汉看，这外乡汉子，恐怕这亏是吃定了！"

"嗯？为什么呀？"

"小兄弟恐怕还不知道，这场中女娃模样的小狐仙，在我们罗阳这处可是大大有名。虽然她非我族类，却并不害人，反倒常常做些个惩恶锄奸之事。"

"哦？那倒不错。"小言搭茬，顺便瞄了旁边的陈子平一眼，却见他满脸写着"不相信"。

"是哦！不过呢，与她那幼稚的外貌相类似，这小狐仙也甚是调皮，常常做出古灵精怪之事。上次便有一个游方道人，来我们这罗阳售卖驱妖辟邪的符箓，不想却惹恼了这小狐仙，当即便让在场的街坊四邻指证她并非人类，然后她便将那些个驱妖符箓一股脑儿粘满全身——却是一点异状也无，直弄得那个游方道人既惊且惭而去……"

"哼！我等道门中人，自当研习道家精义，修炼长生，执剑卫道，以扫除天下妖孽为己任。这些个绘符画箓的勾当，却非我道正途！"铿锵有力的话语，正是上清宫弟子陈子平截过旁边老汉话头。说这话时，这个上清宫的青年弟子一脸的正气凛然。

"呃……"小言与老汉俱都无语。

三人正说话间，却见场上的汉子见半道杀出个小女娃来，只顾混闹，对他手底下的棍术功夫多有不恭，甚是义愤填膺，执意要那小女娃动手，来试试他这真州赵一棍的本事，也好让大家见识见识，什么叫棍术的至高境界——水泼不进！

这个提议一出，自有那凑趣的闲人，忙不迭地到旁边店铺之中借来一盆水，一路嚷着"借过借过"，便将这盆清水送到场中二人之前。差不多所有围观之人，与这人一样心思，都想看看这场意外的好戏！

见有人捧场，那赵一棍兄真是意气满满，当下便找了那送水的看客当评判，约定让那人不紧不慢数十个数，待十声数过之后，这小女娃便可泼水。他谦虚地表示，他这棍术，先要舞动一阵，才能达到那滴水不进的效果！

"好啊好啊！"那个玉瓷娃娃一般的小女娃，觉得十分有趣，不住地拍手称是。

待那汉子开始挥动手中那根枣木齐眉棍时，围观众人俱都屏住呼吸，目不转睛地看着场中的变化。

汉子手中棍子再次舞起，众人心下俱都暗赞："看来，这真州赵一棍，还真有一身惊人的艺业！"

因为等那位帮闲的评判人数到"六"时，汉子手中的棍棒又似脱离了他手掌一般，如条游龙一样只在他身遭盘旋飞舞。棍挥得极快，汉子身周只见一圈棍影，又似那狂飙之中飞速旋动的风车一样！

许是棍子舞动得太急太快,围观众人耳朵里,竟不时传来阵阵尖锐的空气嚣叫之音,鼓动着耳膜。

那汉子身遭的空气被如此迅疾地搅动,也呈现出一种异样的情状。棍影闪动处的空气,似那火苗烧着的上方,竟如同空明流动的水纹一般,不住地颤抖、波动!

"看来,这'水泼不进'的名头,恐怕并非是浪得虚名。瞧这样子,怕是一滴水也渗不进去吧?"

小言正琢磨着,却清清楚楚地听到那位帮闲之人已经清晰干脆地数到"十"了。

此时,围观众人俱都屏息凝神,要看看那小女娃与这武术高手的争斗,到底谁输谁赢。

且不提众人紧张,再看场中这个粉妆玉琢的小姑娘,却是不慌不忙,笑吟吟地端起那盆清水,往赵一棍舞棍之处走近了几步。瞧她那步履蹒跚的模样,似乎这一盆清水,对她来说还有些重。

小女孩终于使出了吃奶的力气,颤巍巍举起这盆清水,哗啦一声泼向眼前那位棍子舞得正欢的"水泼不进"赵一棍。

霎时间,小言便看到,这盆清水挣脱了陶盆的束缚,映着竹镇清晨的阳光,迎风散碎成千万朵璀璨的水花,似织成了一道晶莹剔透的珍珠水帘,直往那团棍影上罩去。

只见漫天的棍影,便似火苗见了冰水,一时间竟都消歇!

"哇呀!"众人正自诧异,却猛听得一声惊叫,再看时,只见那位"水泼不进"赵一棍已似只落汤鸡一般,浑身上下湿淋淋,全身各处都在往下不住滴水!

"你、你……!"

虽然现在日头已经升起，天气也算温热，但场中这位赵一棍被这有如"醍醐灌顶"的清水一淋，却觉得寒意逼人，说话时也忍不住打起战来。

这位湿淋淋的当事人，现在还是有些不敢相信，自己竟会被淋成这样！

赵一棍心里总觉着有些古怪：虽然他这"水泼不进"的绰号是江湖朋友抬爱，不免略有夸张，但他确也非浪得虚名，多年来下在这条棍棒上的功夫也是非同小可。这条齐眉棍舞到兴头上，虽然不至于"滴水不漏"，但也绝不会搞得他像现在这般狼狈，竟是浑身上下浇得通透，像刚从河里捞上来一般，浑身还透着一股说不出来的寒意！

"我、我怎么啦？谁叫你夸下那许大海口的?!"

小女孩面对着眼前指着自己的江湖汉子，却是毫不惧怕，两只小手斜叉着蛮腰，对答间理直气壮得很！

"这位好汉，依小的看，不如便这样算了吧。阁下这棍棒也着实舞得精彩，只是运气不太好。咱这街坊四邻的，有钱的就捧个钱场，让兄弟得些个彩头，这便上路去吧。"

见赵一棍一脸气愤，那位站在一旁的本地帮闲之人，便上前好心相劝。这位帮闲之人与小言身旁的老汉一样，也晓得几分这女孩的来历，深知那汉子惹她不起。

只是，待他出声说话时，在场诸人才注意到，这位方才离二人颇近的评判，现在也是浑身湿透，浑身往下不住地滴水。只不过，也许是事不关己的缘故，他倒不似那卖艺汉子那样说话直打寒战。这位兄台言语之间，颇为自然流畅，浑不觉得有啥难受。

见赵一棍还有些不服之意，这帮闲之人便走近附在他耳边低低说了几句，却见原本满脸不服气的江湖汉子，闻言立马便是一惊，脸上的神色也从凶狠转成了惊异。

当下，这位真州赵一棍，便立马歇了声气，略捡了捡方才说话间围观众人丢下的银钱，擎着棍棒，挑着包裹，一声不吭地分开人群，飞步而去。

"嘻！真好玩！咦？怎么就走了？正好玩呢！为什么不再玩一次？"

却是场中的小女孩，正觉着有趣，在那儿雀跃不已。她见汉子立时便走，还颇有些恋恋不舍之意。

而那位真州赵仁兄，耳朵里听到小女孩真心诚意想"再玩一次"的余音，赶紧又加快了脚下的步伐！

围观的人群渐渐向四处散去，那个还有些意犹未尽的小女孩，也哼哼唱唱蹦蹦跳跳地离开了。

"哼，这些个妖怪之流，果然只懂得羞辱旁人！"小言身旁这位名门正派的弟子，正是一脸不屑。

"呃……方才却也算不上是啥大恶吧？"

"嗯，正因如此，我才放她一条生路。"

看来，这个年轻的上清宫弟子，立场甚是鲜明，内心里对那些妖怪精灵之类，真个是深恶痛绝。

且不提陈子平满腔正气，小言心里却还在琢磨刚才的事。自遭了那些奇遇之后，小言眼力便敏锐非常，因此心下总觉着方才那场比试颇有些古怪。

小言觉得，方才浇得那汉子一头一脸的清水，不像是从小女孩手中泼出来的，倒似是空影里突然便有一大团冷水当头浇下；而那盆中真正的清水，大半被那赵一棍击飞，多数招呼在了那位离得颇近的帮闲数数之人身上！

"看来，人与妖斗，总是要吃些亏的。"小言心下暗暗警惕，告诫自己以后遇着妖怪一流，最好还是敬而远之为妙。

"不过，那小女孩生得如此美艳可爱，行动又是如此慧黠无邪，实在是让

人提不起半点厌恶之心啊!"

当然,小言也只能在心里想想,是万万不能说出口的。这些天与陈子平相处下来,小言便发觉,这个罗浮山上清宫出来的青年弟子,正义感极强,尤其对那妖物一流颇为反感。刚才,这位陈子平陈道兄,对售卖符箓的道人也是颇有微词。

"这名门大派的弟子门人,果然便不一样。"小言心下感喟,并对自己将来在上清宫的岁月期待不已。也许那个四海堂堂主,当着也是蛮有意思的呢。

和陈子平一比,现在看来,饶州城里那位专门装神弄鬼哄人钱财的清河老道,还真是罗浮山上清宫中的异类。

"刚才不觉间竟喊了那么多声好,这嗓子也有些沙哑,不如我们便去寻个茶摊,喝些茶水?"小言觉着挺渴,便提议去喝茶。

"甚好,我也正有此意。"

于是,两人便沿着古街上的青石板路,一路寻找喝茶的去处。

只是,正走过一个竹桥,小言却忽听身旁陈道兄失声惊道:"不好! 身上的钱袋子不见了!"

第十一章
灵菩之叶，消我郁结情怀

"不是吧？再仔细找找吧！"

"应该是掉了，我就挂在腰间的。现在你看这系着钱袋的细麻绳，已经被割断了。"说话间，陈子平一脸懊恼，将腰间那系绳给小言看。那麻绳就剩了半截，耷拉在那儿，断口平滑，显是被人割断的。

"对了！定是方才在人群之中，趁我不留意时，被人偷偷割去了！"

"晦气！"听得陈子平之言，小言心下暗暗叫苦。

因为，两人这次前往罗浮山的盘缠，全都放在陈子平一人身上。这次是初去罗浮山，小言随身携带的东西比较多。那把无名剑就扔在客栈房间里，也不怕被人偷去；另外那些玉笛啊、曲谱啊、符箓经书啊，都是小言的宝贝，所以全都随身携带，若是再装上那还算沉重的钱袋，便显得有些狼狈。因此，两人议定，这些银两便都放在陈子平身上。

只不过，这个陈子平陈道兄，显然不似小言这般常在市井间行走。若是换了小言，即使在熙攘人群之中与旁人聊天之时，定也是自然而然地站好姿势，护好身上携带的贵重物件。

"唉，应该是被哪个小贼给偷摸去了。"小言叹了一声。看这满大街穿戴银饰的男女,想那刚被偷去的银钱,即使不来花销,却也不愁没有销路。

"张道兄,都怪我粗心!"陈子平一脸的沮丧歉然。

"这倒没啥。钱乃身外之物。这人生地不熟的,难免会被一些宵小之徒得手。"

只不过,话虽如此,现在两人却都失去了喝茶的兴趣。况且,现在囊空如洗,也没钱喝茶。

此时,一个非常现实的难题摆在了小言二人面前:现在住的客栈房钱,还有以后的路费盘缠,应该如何解决?

据陈子平说,即使骑驴急赶,也还要五六天光景才能到罗浮山。若是现在因为盘缠短缺卖掉了脚力,那估计还得要半个多月才能到。

正所谓"一文钱难倒英雄汉",这道理自古皆然。若像此刻这样一文不名,豁出去一路风餐露宿的话,估计等到了罗浮山上清宫,小言二人便差不多和俩落魄的乞丐一样了。

"且莫着急,应该有办法的。"见陈子平既自责又焦急的神情,小言忍不住出言安慰。

和陈子平不同,张小言自幼便在市井中厮混,倒不是那么着急。他认为,只要肯吃苦,在这集市上生钱的法子,还是很多的。

"去寻个酒肆茶楼帮几天工?"小言首先便想起了自己的老本行。

"不妥不妥,这样不仅耽搁时间,而且也挣不了几个钱。"略一琢磨,他自己便将这个念头给否定了。

"对了!"小言突然想起别在自己腰间的那支玉笛。这支玉笛神雪此时被裹上了一层颜色不甚惹眼的布套,以防路途上歹人见笛起意。笛套正是龙女灵漪儿的手笔,却着实缝得不怎么样,针脚歪歪扭扭,蹩脚得紧。只不过,即使布套再难看十倍,小言也绝不敢笑话龙宫女孩这个心血来潮的作品。

"张道兄想到办法了？"见小言似有所悟，陈子平不禁精神一振。

"嗯。你看这样成不？我身上正带着一支笛子，我也惯吹得几首曲子。咱不如便效仿方才街头耍棍的汉子，寻个街边空地卖艺如何？"

"呃……这个，恐怕于咱上清宫颜面有损吧？您怎么说也是我上清宫四海堂一堂之主啊！"

"嗨！现在谁知道这事呢！至于这面子问题，当年伍子胥伍大人，不是也曾在吴市上卖艺吹箫嘛。"

"这……说得也是。对了，这法子恐怕还是有些不妥，"陈子平似乎突然想到了什么，找到一个理由，给小言泼了一瓢凉水，"以前我曾和师兄来罗阳采买竹纸，于这儿的风土人情也算熟悉。这儿的居民，无论汉夷，尽皆能歌善舞，几乎人人都会用当地的竹笛、葫芦箫，奏上十几首曲子，恐怕道兄这卖艺的法子……"

"唉！说得也是，估计也是班门弄斧。还是另想办法吧。"

这两人对着桥边的清澈河水，一筹莫展。正是：杖头黄金尽，壮士无颜色！

"唉，都怪我，若不是刚才看得那么入神，也不会……"

"呀！有了！"陈子平自怨自艾的一番话，却提醒了小言，当时便接过陈子平的话头。

"嗯？是啥法子？"

"看来，陈兄你还真是一语成谶。这次，我们便真的要卖符箓了。"

回到客栈之中，小言找来店主人，说了一下方才失钱之事。

正当店主人皱起眉头之时，小言赶紧表明，两人都是上清宫的道士，一向善画符箓，希望店主人能助些纸笔炭墨，好画些符箓卖了，也好早些付住

店的房钱。

看来，上清宫果然名动天下，就是在罗阳似也颇有影响。一听上清宫之名，再看看张小言、陈子平这两人的气度，店主人的神色立马便和缓下来，非但没有刁难二人，还非常配合地拿来竹纸笔墨，供二人画符箓。

于是，小言便回到客房之中，将自己住的房间当成静室，拿出老道清河临别时赠送的那本《镇宅驱邪符箓经》，开始照着书上的图样，临摹那些符箓。

"唉，没想到清河老头儿，还真是料事如神！只不过，即使这老头儿，也没想到我会这么快便用上这本书了吧？"

而陈子平，虽身为名门正派的上清宫弟子，但一向对这些个"鬼画符"之事深恶痛绝，但因为是自己的疏忽，才丢失了钱袋，因此现在对小言卖符一事，却也不太好出声反对，只得无语闷坐在一旁。

用心画得几幅之后，小言渐渐摸清了门道。毕竟他这个饶州少年也曾入得无我之境，又跟龙女灵漪儿学了几个法术，虽然头脑中对那些阴阳五行之理并不是十分清晰明澈，但潜意识中已有一番颇为不俗的直观认识。

张小言静心凝神地认真写画描摹。随着手腕笔尖的收发流转，他渐渐进入一种旁若无人的心境，整个身心都似乎开始随着符箓的线条宛转延展。

坐在不远处的陈子平，对此毫无知觉，还在那儿快快不乐。一想到因为自己不小心，沦落到要靠那几张符纸赚取盘缠的境地，这个上清宫弟子便既惭且愧。

又过了大半个时辰，连坐功甚好的陈子平也开始有些不耐烦起来之时，一直端坐案前运笔画符的张小言才算大功告成。

现在，小言桌前的几案上、身旁的床铺上，还有左右周遭的地板上，俱都落满了画着奇异图案的符箓；有不少纸片，还是墨渍宛然，未曾完全干透。

原来,老道清河相赠的这本《镇宅驱邪符箓经》中,各种符箓林林总总,五花八门啥都有。什么辟邪解祟的、镇妖捉怪的、役鬼通神的,甚至连保六畜兴旺、五谷丰登,治头疼脑热、蚊虫叮咬,竟也都有相应的符箓!真个是"犄角旮旯无巨细,五花八门全都包"!

　　也不知那老道清河,是从哪儿搞来的这百科全书一样的符箓经书。

　　折腾了许多时,小言来不及细细检查,反正依葫芦画瓢,每种都画上了几张。按他的心思,这算是扩大产品线,也许可以广开销路。

　　等这些符箓纸片上的墨迹全都干透,小言便招呼蔫头耷脑的陈子平一起将这些符箓收集起来。待所有符箓都整理到桌案上,小言便让这个上清宫的修道之人,顺便看看他这符箓画得如何。

　　听得小言问询,陈子平陈道兄便有些神思不属地用两根手指夹起一张辟邪符箓,打量起来。

　　小言则是两眼紧盯着陈子平的神色,心下颇为紧张,毕竟他俩接下来几天里的旅途盘缠,俱都要靠这些个薄纸片了。

　　正在察言观色的小言,突然发现这个初时甚不以为意的陈子平,看着看着,脸上的神色竟渐渐凝重起来。

　　"怎么了?是不是画得比较丑,样子很难看?"小言紧张地问道。

　　"不是。现在要我说,张道兄画的这些符箓,恐怕还真是有些门道!"

　　"是吗?"听得陈子平这么说,小言顿时松了一口气。

　　"是的,我盯着这张符箓看了一阵,觉得分外地神清气爽,刚才那些烦虑竟似一扫而空!"

　　"是吗?!"得到上清宫弟子陈子平的赞赏,小言立时便精神起来,有些得意道,"正所谓'画符不知窍,反惹鬼神笑;画符若知窍,惊得鬼神叫',方才画这些符箓之时,我还是颇下了一番功夫的!"

"画符不知窍……这话倒挺有意思啊。"

"是啊,这是我听你那位清河师伯说的。"

"哦,是他啊。我们这便出去?"

"好。呃!且再等我一下,待我再多画上一张符箓。"

刚要收拾家什出门,小言心中一动,又端坐下来,开始照章画符。这次,他却翻到"镇妖"部分的最后一页,说了声:"就是它了!"然后,便开始认真描画这本书中最为复杂深奥的符箓纹样。

据这符箓附带的说明,若是制作施用者道力高深,便是仙禽神兽也得乖乖地被镇住!

当然,小言可没指望去镇啥仙禽神兽。即使能镇,那仙禽神兽也不是他能碰见的。小言内心里是这么琢磨的:"听那老者说,曾有来罗阳售卖符箓的道士,最后却被那小狐仙羞辱而去。正所谓有备无患,不管这符箓有没有用,最好还是挑个据说最厉害的画上,以防万一。"

等最后一张符箓的墨迹也已干透,小言便和陈子平收拾好这些符箓,摞作一叠,又向店主人借了竹桌竹凳,来到街边开始设摊卖符。

小言二人落脚的这家客栈,并非正好临街,客栈的前门离前面的大街还有一段距离。中间是一条青石板铺就的甬道,夹路两旁是两片青翠的竹林。小言便和陈子平一道,将那桌凳摆到竹道临街处,在一片竹荫下,开始推销符箓。陈子平陈道兄到现在心里还没怎么转过弯儿来,在小言旁边扭扭捏捏,真是坐立不安。

小言晓得他的难处,便让他回房歇着,说自己一个人叫卖便已足够,反正这事他也做得惯熟。

陈子平却颇为义气,虽然内心里对高贵的上清宫弟子当街叫卖的行为万分抵触,但也不好意思留下小言一个人在这儿卖符。

于是，最后的结果便是，陈子平搬了张竹凳往远处略挪了挪，和符摊隔了一小段距离。即使这样，这个名门正派弟子还是觉得浑身不自在，总觉得自己是在做啥亏心事，那双眼睛只盯着眼前街道青石的缝隙，都不敢正视街上来往的行人。

久混于市井、还没来得及受罗浮山上清宫仙风道雨熏陶的小言，却没有这么多讲究和顾忌。摆好摊子后，他便开始旁若无人地大声吆喝起来。毕竟跟那个专靠符箓混酒钱的老道清河混了那么久，这一套售卖符箓的说辞，那是张口就来，绝无障碍！

不过，虽然小言为了配合售卖，换上了一身短襟道装，吆喝得也是理直气壮，却没打出"上清宫"的旗号。一来，是陈子平坚决不赞成；二来，小言自己对这些符箓，也是没有多少信心，万一自己还没进罗浮山，就砸了人家上清宫的招牌，那多不好。

只不过，待小言扯着嗓子吆喝了许多声之后，却最多换来行人的指指点点，偶尔有两三个人好奇地停下脚步，但也只是随便翻翻检检，并无任何购买的意向。

"唉，晦气！恐怕是上次那个道门前辈在罗阳坏了咱这卖符一行的名声！"小言心下不住地哀叹。

日头渐渐升高，阳光逐渐移到小言面前的竹案上，还有些太阳光斜透过头顶稀疏的竹叶，在小言身上洒下斑驳的光点。

吆喝了这么多时，又被这暖洋洋的春日一照，小言也渐渐变得有气无力起来。

现在，他也不似开始那样气势十足，口里的吆喝声也从响亮高亢的"镇妖辟邪"，逐渐变成了"驱蚊除蝇"，而那声音，也变得如蚊蝇一般了……

坐在不远处那张竹凳上的陈子平，虽然经过上清宫良好的训练，却也和

小言一样，开始有些昏昏欲睡……

正是门可罗雀之时，低头垂眼、没精打采的小言，却突然觉着有个人影来到案前，还似乎饶有兴趣地不住翻动自己面前的这些符箓。

"呀！终于要开张了？"小言立时鼓舞精神，从头收拾起一身的气力，抬起头来，准备大力推销一番。

只是，正待他要出言夸说符箓之时，却见那个胡乱翻动符箓之人，正是今早和赵一棍捣乱的小女孩。

现在，这个一身火红短襟、俏面如施玉粉的小女娃，那张恰如朱玉的小嘴儿正噘得老高，一手叉腰，一手指着小言，仰着脸气鼓鼓地说道："大哥哥，你也要卖镇妖符？"

第十二章
竹影扶疏，何处飞来神物

"来了！果然不出我所料！只是，我辛辛苦苦制成的符箓，一张都还没卖出，这刁难的小女孩便闹上门来了……唉！"倒霉的摊主小言现下心里叫苦不迭。

不过，所谓和气生财，张小言自是深谙个中真义，他当下也不生气，只是俯下脸来，对小女孩和蔼地说道："这位小妹妹，我正是在售卖符箓，镇妖驱邪，避鬼安宅，很灵验的！你要不要买一张？"

"哼哼！人家才不要买呢！"小女孩气鼓鼓说道，"你在卖镇妖的纸片？告诉你，我就是妖哦！你真的可以镇住人家吗？我才不信呢！"

这个外貌明媚可爱的小女孩，现在正嘟着小嘴，一脸怀疑。正努力推销符箓的小言，听了小姑娘这话，倒是有些哭笑不得，心中想道："这小女孩竟真的如老大爷所说，坦承自己便是妖怪，真是不懂人情世故。但似乎，她不是恼我卖能镇住她的纸符，而更像是怀疑我在哄骗人。这小妹妹还真是可爱。"

此时，街上路过此地的行人，见鼎鼎大名的小女孩又来与人厮闹，便全都围住符摊驻足观看，一如早上围观那个卖艺汉子一样。

只是,对于小言来说,感受却是略有不同。早上,他还是看客中的一员;现在,他却成了众人瞩目的对象。

小言眼神颇好,又在围观的人群之中,见到了早上那个站在身旁和自己交谈的老者。这个老汉看了看符摊旁的状况,又发出和之前一样的感叹:"唉!这外乡小道士,恐怕是要倒霉了!"

再说小狐仙,说完那句"不信"的话后,也不等小言回话,从竹案上胡乱抓起几张符纸,就往自己身上又拍又贴。

小女孩小手不停地比画着,嘴里还不住嘟囔:"大哥哥真的骗人哦!你看,这些纸片镇不住我哦!"

"哦,果然啊!"

听说过小狐仙大名的围观众人,见她贴了几张符纸,现在却啥事也没有,全都恍然大悟:"早瞧这小道士太年轻,他画的那些个符篆又如何能管用?幸好没买!"

这些围观者嗡嗡的议论声,终于将不远处街角边已经睡着的陈子平吵醒了。

这个上清宫的青年弟子,擦了擦惺忪的睡眼,突然见到符摊旁已围起了一圈人。陈子平不知发生了什么事,但立马弹身而起,分开人群,来到里面看看到底出了啥事。

拨开人群后,他一眼便瞧见了身上贴着几张符纸的小女孩。

这个粉妆玉琢的小女孩,就连头顶发髻上都顶了一张符纸,显得格外可爱好笑。

一见又是那个所谓的小狐仙,陈子平立时勃然大怒,唰的一声抽出背后那把剑,对小女孩高声喝道:"咄!又是你这妖物,且吃我一剑!"

说罢,他手举那把明光烁烁的宝剑,便要向小女孩头上劈去!

"且慢!"小言见状,赶紧出声止住。

"陈道兄,且不急于动手。我等修道之人,最讲求宅心仁厚。又何况,不管怎样,她只是个小女孩。这青天白日下血溅当街,总不大妥当!"

小言心中倒没陈子平那种"人妖不两立"的想法。见小女孩天真可爱的神态,又怎会忍心让陈子平一剑砍下去?

陈子平听得小言这番话,想想觉得也是,便有些不太情愿地将寒光四射的宝剑收回到背后的剑囊中。只不过,他对这个小女孩仍是怒目而视。

刚才情形着实凶险,但这个差点血溅当场的小狐仙却似是根本不知道害怕。在陈子平怒目而视下,小女孩却还和他扮了个鬼脸,笑道:"这位大哥哥好凶哦! 不过那把剑却好明亮,可不可以借给人家当镜子?"

"……"这次,轮到上清宫弟子陈子平哭笑不得了。

"这个小妹妹,还是到别处去玩吧! 待会儿等我卖了些银钱,便给你买些糖吃!"

"不干! 如果大哥哥答应不再卖这些骗人的纸片,人家就走!"

"呃……"想不到小女孩对这些她口中"骗人的"符箓竟是这般深恶痛绝。

小言扫了一眼周围那些正等着瞧好戏的众人,有些骑虎难下。

沉吟片刻,特别是想到自己那还没着落的房钱,小言便决定耐下心来和这个小女孩周旋,直到把她哄走为止。

看着眼前天真可爱、面如美玉一样的小女孩,小言半点也生不起气来。他和颜悦色地跟小女孩说道:"小妹妹啊,哥哥可不是在骗人。你刚才贴的那些符箓,的确都是辟邪驱邪的符纸。小妹妹如此活泼可爱,又怎会是邪恶之物?"

"嗯! 那当然哦!"听小言这般解释,小女孩便将那张还顶在头上的符纸

一把揭掉。

"那大哥哥你的镇妖纸片又放在了哪里呢？"

"呃……却是在这里。"小言指了指面前,吓唬她道,"这一张,可是我这些镇妖符箓中最厉害的哦!"

"是吗？你可不要把我当小孩子吓唬哦!"

话音未落,小言一个不留神,只见伶俐的小女孩飞快伸出小手,将小言刚刚夸说的那张符箓一把抓过去往头顶上一拍。

那道符箓,正是小言不放心,临出门前加画的那张,更是经书中号称连仙禽神兽也能降伏的符箓。

正当场中所有人都认为小女孩还会安然无事之时,突然间却是异变陡生：

这道符箓刚一碰上小女孩的发丝,便突然啪的一声脆响,立即便将小女孩乌黑的发髻整个盖住了!

这个小狐仙也突然间心生惧意,赶紧伸出两只玉藕一般的小手,使劲儿去揭头上这道怪异的符箓。

只是,在场所有人,包括小言在内,却都奇怪地发现,任凭小女孩如何使力去揭,那张原本软绵的竹纸,现在却似铁水见了冷风,迎风长成了一块铁板一样,罩在她头上纹丝不动。

这一下,在场所有人都是目瞪口呆了!

天真顽皮的小狐仙终于觉察出自己面临的危险来,带着哭腔断断续续说道："大哥哥……你欺负小孩! 我、我可是长得非常丑的妖怪! 赶快把这怪纸拿掉……否则、否则便吓死你!"

"哈?"且不提小女孩在那儿挣扎,卖符的小言现在却是又惊又喜,"呀! 真想不到! 我原本只指望能挣得俩小钱的道符,还真的这么快就见效了!

看起来，这威力还不小呢！"

围观的人群却是在震惊之余，发出阵阵的啧啧称奇之声。还有胆大的年轻人在那儿大声地给小言鼓劲："仙长不要怕！听说她只是个小狐仙，没什么好怕的！"

听众人给自己打气，小言有些哭笑不得。

看着眼前小女孩这般惊恐无措的模样，小言心下颇为不忍，便准备过去将她头顶上那道符箓揭掉。不过，在除去符箓之前，小言倒没忘趁机为自己的生意吆喝两句："各位罗阳的父老乡亲、街坊四邻，现在大家都亲眼看到了吧？本道长亲手制作的灵符，绝对灵验无比！现在，本道长慈悲为念，仁义为怀，便要将这道灵符揭去。"

"张道兄且慢，不如就此将这妖……"站在一旁的陈子平见状出言相劝。

不过，小言却装作周遭声音嘈杂，只当没听见，当下从另一侧绕过身前的竹几，来到这小女孩面前，便要念咒除去她头上的这道符箓，却已是迟了一步！

在所有人惊奇的目光中，那个原本美如琼玉的小女孩正在渐渐变化出她真正的原形……

"啊！"这时离得很近的小言见状惊得往旁边直退了几步。

"呀！"这一声惊叫，却是在场围观的所有人不约而同脱口惊呼！声音之大，又惊起附近街上一群正在觅食的鸟雀。

在众人惊奇万端的注视之下，眼前这个小狐仙逐渐现出了她的本来面目。大出所有人意料的是，这个众口相传的"小狐仙"，却不是什么山野林间的狐狸！

只见在明灿的春日光影里，一只似虎非虎、似豹非豹、似麟非麟、似虬非虬，众人全都从未见过的雪白异兽，正横卧在面前！异兽一身毛色有如白

雪一样，映着天上明亮的春阳，正散发出璀璨的玉气雪光，直晃得围观诸人，一瞬间竟似看不清眼前事物。

饶州少年张小言目力极佳，这之前也已见过不少古怪事物，因此他此时并不似旁人那般惊惶，初始惊诧过去之后，便神色自若地细细观察起眼前的异兽来。只见它浑身如覆白雪，毛色灿若雪华。但若仔细看时，它这一身雪色的皮毛，却又让观者觉得五彩毕具，隐隐有艳若虹霓的曦光，在如霜似雪的躯体上不住地游移流转。而那脖颈之处，又有一圈淡金色的鬣纹，被阳光一照，便发散出千万道金色的毫光。异兽的头上长着一对羝角，质似琼琚美玉，状若羚角鹿茸，颜色则如淡红焰苗。尤为奇特的是，在异兽的两肋之下，生着一对与它躯体一样洁白如雪的羽翼。只不过这对羽翼之上，那道若隐若现的五彩流光却是更加艳盛。

"神圣哉！"这是小言目睹异兽之后，脑海中蹦出的第一个词。

再瞧眼前这奇珍异宝一般的异兽，它那双淡金色的眼眸之中却是现出一副害怕的神色。

"楚楚可怜！"这是小言脑海中蹦出的第二个莫名其妙的词。

现在，小言心中却并没将眼前的异兽当成什么异类。看到异兽眼中那份凄楚惊惶的神色，小言心中怜意大起。

当下，小言向前几步，俯身蹲在奇兽面前，笑着对它温言说道："不要怕，我不会伤害你的。你且忍着些，不要动，待我来将你头上这道符箓小心揭掉。"

说罢，小言口中念诵着特地背来的咒语，伸出手去，便要揭去将异兽牢牢缚住的灵符。

第十三章
烟山空翠，倩谁相许江湖

在小言灵符下无奈现形的珍奇幼兽，见小言伸手过来，那双淡金色的眼眸之中竟颇现瑟缩之意。

小言在冥冥之中，似乎也感觉到眼前这只幼小奇兽的紧张不安，便呵呵一笑，说道："你这小姑娘，却是不乖。长得如此可爱，却又如何哄我，说自己原本长得很丑？"

小言说完，正卧伏于地、动弹不得的异兽，似乎听懂了他的话语，眼中竟似现出几分羞涩。

"哈！小妹妹，你还真是很可爱啊。"语毕，小言便念着咒，伸手去揭那张牢牢定在它头上两角之间的符箓。在揭掉符纸之前，小言见眼前这只雪色流光的幼兽头上两支淡红的羝角，似幼鹿茸角般还未完全长成，又如两支玉管一般，在阳光映照下，显得格外玲珑可爱。

心下喜爱，小言便忍不住顺手在一支羝角上轻轻地摸了两下。

却见这只异兽在小言抚摩自己羝角之际，霎时间浑身剧震，那双金色的眸子中竟惊惧之意大盛，立时便溢满了汪汪的泪水。

"呃？对不起！"

没想到自己这不经意的举动，竟让这个先前恣意的"小女娃"，变得如此惊恐，小言赶紧停下来，直接去揭那道符箓。

却见那张原本似铁水粘牢、纹丝不动的道符，现在却像是一片鹅毛一般，小言轻轻一揭便应手而起！

"道兄小心！"立在一旁的陈子平疾声高呼，生怕妖兽突然暴起伤人。只是，陈子平却是过虑了。

等小言将符箓揭掉之后，这只彩玉雕琢一般的异兽，却还似浑身绵软，在原地又挣动了一番，才在众人惊奇的目光中，渐又凝聚成先前那个明艳可爱的小女孩模样。

右手正牢牢握住剑柄的陈子平倒真是过分担心了。这个由异兽幻化成的小女孩现在双眼噙满泪水，劈头第一句话便是："大哥哥你却只会欺负人！"

"这……"不知怎的，小言也觉得有些不好意思了。正不知如何应对，却见这个小姑娘说完那句带着哭腔的话语之后，已是哇的一声哭了起来。然后，哭得梨花带雨的小女孩转身便从人群稀疏处跌跌撞撞地冲了出去。

然后，在场诸人听见哭泣之声渐行渐远，很快便随着风声消失在远处……

正当众人尽皆愕然之际，却突然听见场中一个声音突地大嚷："各位请注意脚下！不要踩坏了我的灵符！"

"陈兄赶快帮我把这几张符箓给捡起来！"

这急切的声音，正是出自卖符的摊主张小言，他生怕围观众人一个不留神便踩烂了散落在地的那几张道符！

陈子平现在也明白了这些自己向来不屑的"鬼画符"，还真是大有效用，心中不禁对这些符箓的印象大为改观。听得小言招呼，他赶紧弯下腰来，和

小言一起搜捡那些飘落在地上的符纸。

幸好,被小女孩扫落的符纸并不是很多,手脚麻利的小言片刻之间便和陈子平将这些道符重又集起,摆好叠放在竹几之上。

"仙长!给我来两张!"

"给我每样来一张!"

反应过来的围观众人一拥而上,纷纷抢着要购买两个年轻道人售卖的符箓。

经历了这场意外之后,生意竟是大好,小言直笑得合不拢嘴。现在,他一边口若悬河地跟顾客介绍各种符箓的不同效用,一边招呼陈子平帮他维持秩序。售卖得来的银钱,小言却是放在了自己怀里,不敢再让上清弟子陈子平收管了。

一边手忙脚乱地售卖符箓,一边还听得人群之中议论纷纷:

"唔!其实我早就看出来了,这位卖符的道长仙风道骨;那位原本在不远处闲坐的道人,也是精气十足。我早就看出来了,只是不说而已……"

"得了吧你!先前是谁说,这'乳臭未干'的道士哄人骗钱?"

"是吗?是谁?你确定是我说的?呃……那先前又是谁告诉我,那小丫头是狐狸变的来着?"

"……我也是听南街陈二傻说的,他人聪明,我一向最信服他……想来,那妖物变幻多端,今日遇着这等高人的灵符,才让它现出真正原形!"

"去你的!"

"喂,别骂人啊。其实小狐仙法力广大,变幻出一个其他妖兽的形状,也是有可能的。"

"是吗……你这话倒也有几分道理!"

不管怎么说,小言憋了一上午没开张的道符,现在借着小女孩的光,销路奇佳,不一会儿工夫便已售卖一空!

售得的银钱已是不少,小言怀中衬袋眼下已不堪重负,因此,余下的银钱便在竹几之上堆成了一堆。现在在这两位神妙莫测、道行高深的仙长面前,却也不怕哪个小贼不开眼,敢来伸手!

等道符全都卖光之后,对那些闻讯前来购买的人,小言只好很抱歉地让他们下午再来。

现在,收摊的工作已用不着他们自己动手。一直在旁边笼着手看热闹的客栈主人,招呼来几名店伙计,七手八脚便将竹桌竹凳收了回去。

至于张小言、陈子平这两位仙长,早被客竹居的掌柜恭恭敬敬迎到客栈饭厅雅座,奉上好酒好菜招待。当然,这名精明的店主人,在好生招待之余,也不忘向两位仙长求一道能让自家客栈生意兴隆的灵符。

先前便得这位好心的店主人颇多帮助,现在又见他招待得如此周到,小言哪有不答应之理。听得掌柜小心翼翼地提起,小言当下便满口应承下来。

小言还应允,会给客竹居附送上几道镇宅驱邪的灵符。这下,店掌柜直乐得眉开眼笑,脸上的皱纹都似条条舒展开来。

虽然,一上午挣得的银钱作旅途盘缠已是绰绰有余,但上午临收摊时,已经应允下午还去售卖,小言中午只好又闷在房里,画了二三十张符纸。下午设摊,这些符纸很快又是一售而空。

到了第二天,又有些住得偏远的罗阳居民闻风而至,但只听得客栈掌柜很抱歉地表示,在他家落脚的两位上清宫道人,在今早天刚蒙蒙亮时便已乘驴悄然离去了。

众人听了店家这话,扼腕叹息之余,却又似乎恍然:"呀!原来这两位仙长,是那上清宫的弟子啊!难怪这么年轻,就已能制出那样神妙的灵符!只不过为何在此之前,却没听他们称自己是上清宫的弟子?"

"那还用说！这两位上清宫的仙长,昨日上午有意出来售符,造福我罗阳百姓,他们临出门前,还特地关照小的,不要泄露他们上清宫门人的身份。唉！修为到了他们那种程度,自然不屑借着师门之荫。想不到这两位道长年纪不大,便已有如此造诣,真是令我等这些年岁痴长之人惭愧！"

"那是那是！"客栈主人这一番发自肺腑的赞语,得到了在场所有人的连声赞同。

不过,有一位声望颇高的长者却抚须说道:"其实,若依老夫看来,这两位年轻道长,年纪却并不一定比你我等人来得小。"

说完这句莫名其妙的话,这位老者便只是抚须微笑,再也不肯多说一语。

众人初闻老者所言,尽是愕然,不解其意,不过略一品味,便先后俱都恍然大悟:"果然还是李老丈见识不凡！法力这般高深的道长,又如何会是这样的少年？这罗浮山上清宫,还真个了不得！"

现在,众人口中的两位上清宫高人早已出了罗阳,正骑驴行走在郊外的山道上。

"陈兄,不知道你如何看。我总觉得,昨日那小女孩现出的原形,让我有种说不出来的感觉,不仅美得惊心动魄,还透出一股神圣不容轻亵的气息……"

见小言满口溢美之词,陈子平却是皱了皱眉头:"张道兄,你恐怕还不了解这世上妖怪的可怕之处。往往,那外表越是好看之物,就越是危险。比如,那毒蛇,那菌菇,还有……"

正听陈道兄语重心长地解说之时,小言却突然觉着似有人在拉扯自己,低头一看,却见昨日那个小女孩扯着自己的裤脚,正怯生生地望着自己！

"陈兄且稍停一下！"

"嗯？呀！"

虽然，陈子平刚刚还在大谈"越美越妖异，也就越危险"，此时瞧见小女孩怯生生的神色，却也不再多言，只是微微叹了一声，便抬腿滑下驴背，站在一旁，听着小言与她对答。

"小妹妹，你为啥要阻住我的行程？是不是有啥事找我？"

"大哥哥，你带我一起走吧！"这是小女孩的回答。神态有几分惶然，语气却很坚决。

"咦？为什么呀？昨日我不是……咳咳！"

听得小女孩劈头便是这么一句，不仅陈子平大为惊讶，小言心里也颇为惊奇。他二人都不知道古怪的小丫头，说这话到底是何用意。

见小言一脸迷惑不解的样子，这个异兽化成的小姑娘，便用她那略显稚嫩的声音向小言解释了一番。叙说之间，小女孩似乎对遣词造句之法并不是很明晰，说到某些复杂的地方，不免有些夹缠不清。不过，好在小言心思也算通达，从小姑娘一番讲述之中大概了解了是怎么回事。

原来，小女孩自己也不知道她是从哪里来的。从小，她便是孤身一人，也没有父母。她只知道，自她能够记事开始，便是在罗阳的山野竹林中。待过了一些年月，偶然窥见来往的行人，羡慕他们的样子，心念转动之间，便自然化成了现在这个模样。自此以后，她便常常混迹于罗阳市集之中。

只是，不少她起初觉得很自然的事情，后来却渐渐发觉，在其他人眼里却是那么奇怪。听多了旁人的指指点点，她终于知道，原来她与他们是不同的，他们是"人"，而她只是个"妖怪"。好在，当地的民众对人、妖之分也并不是十分在意。但即便这样，小女孩还是觉得，自己与市镇上这些正常生活的人大相径庭，其他人对自己也都敬而远之。

虽然小女孩还不谙世情，但小言看得出来，以小女孩如此活泼跳脱的孩

童脾性,这些自是让她感到格外地孤独。

昨天,小女孩生平第一次被卖符的小言在众人面前逼出了自己的原形。虽然,在她心里,最忌讳在众人面前显露出自己的与众不同,但她却在小言的一举一动、一笑一语中,感受到一种前所未有的真诚善意。

说到这儿,那位站在一旁一直听着的上清宫弟子陈子平,竟也听出小女孩语气中的一丝羞涩。只听她对小言说道:"昨天大哭出来,却不是心里难过! 这么奇怪的感觉,想了一天,最后才晓得,大哥哥与其他人都不一样,是真对我好。第一次有这样的感觉,所以才哭。以前其他人只会叫我小妖怪,都不和我认真说话。"

说到这儿,小女孩那双明若秋水的眸子不由自主地瞅了陈子平一眼。

见小女孩如此反应,上清宫弟子陈子平觉得甚是尴尬,便将头偏向一边,只装没看见。

"我和他一样,一起跟着你,好吗?"说完这句并不甚通顺的话语,便见小女孩一双夕霞映水般的淡金眼眸中,正浮现出对眼前这位大哥哥的热切期望。

"这……"听完小姑娘这一席话,小言心中也甚是感动,当下便要顺口答应,此时身旁却突然传来陈子平不疾不徐的声音:"张道兄,不管其他如何,此事是万万不可的。"

听得身旁陈子平的提醒,小言才猛然惊觉过来,嘴角不禁挂上一丝无可奈何的苦笑——此事不可为。

若换在平时,听得无依无靠又是这般纯真可爱的小女孩竟如此信任自己,对她恳求同行的要求,自是一万个愿意! 只是现在这时机,着实有些尴尬。

陈子平提醒的不是没有道理。想到自己此行的去处,小言实在不好答应。毕竟,他此番前去的,是那天下首屈一指的名门大派上清宫。若带上异兽化成的小女孩,实在是有点骇人听闻。不论其他,便看同行的这个上清宫弟子对"妖怪"二字如何深恶痛绝,便知此事绝不可行。

瞧着惯常被当作异类的小女孩那一双明眸之中正充满着对自己的恳求之意,又想起陈子平方才话语中潜在的含意,小言心中便觉着颇是痛楚:"小妹妹,谢谢你对我如此信任! 只是,哥哥此行要去的,是一个非常不方便处,实在不能带你同去。"

听得小言对上清宫如此形容,旁边耿直的上清宫弟子陈子平却没有丝毫不满,反而放下了原本有些悬起的忧心:"唔! 却是我多虑了,张道兄于这大是大非上,果然还是不会糊涂的。"

小女孩听得小言这话,有些惶急,连忙说道:"哥哥,我不是小孩子了!不会拖累你的!"

"唉……小妹妹你很懂事,我知道。是这样的,哥哥我此行要去的那个地方,对你来说,真的是非常、非常危险! 所以,即使你很乖,也不能让你跟我一起走。"

"呜! 大哥哥是不是因为人家是只小狐狸,讨厌人家,才不想带着一起走的?"

"啊?"听得小女孩这话,小言倒有点哭笑不得,"是谁告诉你你是只小狐狸的呀?"

"好多人都这么说!"

"咳咳,他们都不明白的——小妹妹你绝不是一只普通的狐狸!"

"嗯! 我也常常觉得自己和其他狐狸不太一样。我是一只比较特别的狐狸,是狐'妖'哦!"

听了稚龄女孩这番可爱的话语,小言哭笑不得之余,也有一丝高兴——终

于成功地将她的注意力引开了。

"相信哥哥的话吧！小妹妹，你其实并不是狐狸，虽然狐狸也没啥不好的，但昨天哥哥看到小妹妹你真正的模样，觉得那么好看。虽然我说不出你到底是啥，但相信你一定是个非常特别、非常了不起的精灵！"

"精灵又是什么？就是妖怪吗？做妖怪不开心，我想做人。"小女孩神色平静地说了这么一句。

只是波澜不惊的话语，却让小言心中生出一丝莫名的痛楚。

定了定神，小言强露出一丝笑颜："啊！你还小啦，不知道做妖的好处！你想不想听哥哥的一个大秘密？"

"咦？是什么呀？"

"你哥哥我，其实也是一只妖怪呀！"

"真的吗?!"

"是啊！所以我觉得，我们做妖怪的，也没什么不好啦！"

"呀！那大哥哥你原来是什么？是只小狐狸，还是大狗狗？"

"呃……说来惭愧，哥哥我到现在都还没本事现出原形！"

"用你最厉害的符纸都不行吗？"

"是啊！我每天早中晚吃饭之前，都要往自己身上贴一次道符，每次的道符都不一样哦！可是试了好几百道，到今天都还没能现出原形，不知道自己是什么！唉，真是惭愧！"

"呀！那好可怜哦，以前我至少还知道自己是只小狐狸，虽然现在晓得好像不是了！"

"咳咳，是啊是啊！"

"嘻！谢谢哥哥哄我开心，知道哥哥不会真正骗我啦。你不能带人家走，就一定有不能带人家走的道理。我不会不懂事，再缠着哥哥啦！"

"这……"小言突然觉得自己脸上一阵发烫。

"嗯！那我就不耽误哥哥的行程啦。我还要去竹林里找昨天那只小狐狸玩呢！"

"是吗？那……去吧！"

看着小女孩看似轻快转过去的背影，小言却觉得心里很是难过。十几天前离开自己生活了那么多年的饶州城，都还不似现在这般难舍。

小言正要转身骑驴继续赶路，却见已然走出好远的小姑娘突然回身，一路颠儿颠儿地跑过来。

"小妹妹，我……"

"不是啦，我很乖的！只是人家突然想问问，看你能不能另外帮个忙。"

"你说吧，只要哥哥能做到，一定帮！"

"嗯！既然人家好像不是小狐狸，那原来别人给我取的'小狐仙'的名字，现在就要改掉啦。可是，好像看他们都不能自己给自己改名字，所以想请哥哥帮我另取一个！"

"哦，这个没问题。且待我好好想想，替你想个厉害的。"

"嗯？真的可以吗？太好啦！"

面对着眼前翠竹万竿的春山秀色，小言神色凝重地反复推敲了许久，才回过头来，对安静等在一旁的小女孩说道："想好了。就叫'琼容'吧！"

"琼容？"

"嗯！你心地纯真可爱，便似那纯洁无瑕的琼琚美玉一般，容貌也一样，所以叫'琼容'。你知道吗？这琼玉，是很有名的玉哦，有本很了不起的书上就说，'投我以木瓜，报之以琼琚'"。

眼前的小女孩显然听不懂这引经据典的话，但小言还是郑重其事地将这告诉给她听。说到这儿，小言心中倒是一动："这小女孩对我，又何尝不是

'投我以木瓜,报之以琼琚'呢？这事弄得……唉!"

这时小女孩喜滋滋道:"嗯! 琼容,这名字,我很喜欢!"

小女孩在道旁踮脚折下一根细小竹枝,递给小言,说道:"人家不识字,哥哥你在地上画给我看吧!"

"好的!"小言接过那段竹枝,寻了一块泥地,运足了气力,一点一画,一撇一捺,将"琼容"二字,端端正正地写了出来。

"嗯! 这名字很好看! 我记住了,谢谢哥哥! 对了,刚才琼容有句话忘了跟大哥哥说了:哥哥身上有一样令人感觉很亲切、很喜欢的味道。嗯,说过了,我就走啦!"

说罢,这个已看不出任何不开心的小女孩,便蹦蹦跳跳地离开了。片刻间,她娇小的身姿便消失在了满目青翠的婆娑竹影中。

空山寂寥,悄无人语。唯有风吹竹叶,沙沙作响。

愣了片刻,目送小女孩离去的小言似乎想到了什么。只见他抽出别在腰间的那支玉笛神雪,对着眼前茫茫的空谷,大声说道:"琼容,这个曲子,是哥哥送给你的!"

然后,在竹影扶疏的山道旁,便有一缕笛声悠然而起,婉转悠扬,回荡在满目苍翠的群山之中……

待这缕柔爽清籁的余音终于消失在春山之中,吹笛的小言收起了笛子,回身跨上毛驴,对还沉浸在婉转笛音之中的陈子平说了声:"我们走吧。"

"噢!"听得小言招呼,陈子平方似如梦初醒,急急翻身骑上毛驴。

陈子平似乎还有些意犹未尽,便对小言说道:"没想到,张道兄笛子吹得如此之好,早知你有这番造诣,昨日便不用卖那符箓了……"

说到这儿,陈子平似乎觉得自己这话有些失礼,便赶紧止住不言。

不过,小言听了他这话,倒没啥感觉:"呵! 多谢夸赞! 还不错吧? 我原本便是靠这笛子混口饭吃的呀！"

说到这儿，小言突然变得有些消沉："唉，陈道兄，我骗人了，觉得好对不住那小姑娘。我从来不知道，自己还是这么一个面目可憎之人！"

"这……这话却是从何说起？道兄不必过于自责。这不是在骗人，她只是一只妖而已。"

小言却是神思不属，似乎并没听见陈子平的排解之辞。

一时间，两两无言，耳边只听得身下驴蹄在山道上敲击出踢踢踏踏的声响。

过了一阵，忽听得一声突兀的话语响起："我会回来找她的！"

铿锵有力的话语，久久回荡在空山翠谷之中……

第十四章
揽秀罗浮，肝胆煦若春风

"我会回来找她的！"

虽然全身沐浴在和煦的山道春风中，整个人都变得懒洋洋的，但小言这句话却说得铿锵有力，在远处山石的回应下，余音竟是袅袅不绝。

"呃！道兄既有此心，那以后再来罗阳探望也未尝不可。"

小言身旁这位刚毅的上清宫弟子陈子平却也并非木人，现在他见小言一脸坚毅，知道多说无益，因此只是温言劝解，没再提那些个人妖不两立的话。

于是，这两人两驴，便在罗阳还算平缓的郊野山道上不疾不徐地向前行进着。

小言二人行走的这处山野中，到处都生长着片片青绿的竹林。经风一吹，竹叶飒飒作响，听在耳里便似那涛声一般。若极目向远处眺望，则可以看到连绵起伏的山丘上全都被葱茏的绿树青竹覆住。

眼下四月天，正是到了春深之时。那些草树竹木，生长有快有慢，各自应着时节，次第焕发出自己勃勃的生机。有些林木，现已是蓬蓬如盖，叶色苍翠；而有些林木，则刚刚萌出新绽的嫩叶，透出一种活泼的轻快。

小言从驴背上向远处的群山望去,整个草木葳蕤的春山碧岭,似披着一袭染色深浅不一的翠绿绢纱。偶尔还能在这袭碧绢之上,看到小块嫩白色的薄片,星星点点地镶饰在碧色的山野上,那应该便是山间的杜鹃花开了吧。

身旁驴背上的陈子平看着眼前山野盎然的春色,也是觉得无比心旷神怡。正当他看着眼前美景,琢磨还要几天才能回到上清宫时,突然听到身旁的小言在沉默了一阵之后,终于开口说话了:"陈兄,我有一事不明,不知能否赐教?"

"张道兄有何疑问? 尽管道来,不必如此多礼。"

"嗯,是这样的,我始终不知,为何陈道兄对异类精灵,有如此之深的偏见?"

"这……"乍闻小言此言,陈子平倒是一愣,稍过片刻,才反应过来小言口中的"异类精灵",到底是何含义。陈子平略一思忖,便认真地对小言说道:"张兄,其实我也正想要和你提及此事。可能你入得我上清门中时日甚短,未曾听得教中长老的教诲,自是不知世间这些妖孽的险恶之处。

"这些个成了精的山妖野怪,虽然得了些法力,或许也能幻化成人形,却从不曾受得道德教化,行事之处,颇多诡异,不循伦理,常常肆虐,祸害世间众人。

"我辈正教中人,一心向道,正是为了要听道家真义,习道家真法,不畏艰险,去为世人扫除这些个害人的妖孽。这也是教中长老们时常教诲的。我等上清宫弟子,须时时牢记在心!"

说到这里,陈子平语气激昂,脸上满是虔诚之色。

"哦,原来如此。那——是不是举凡非我族类的精灵,便都是人尽可诛的妖邪?"

"那是自然。所谓'非我族类，其心必异'，成了精的妖怪，总会害人的！"

"那……方才这琼容小姑娘，却并未残害我等啊。"

"呃！这个嘛……"

想到琼容小姑娘的可爱之处，这个正自正气凛然的上清宫弟子，却也是一时语塞。

不过，现在陈子平内心里已经打定主意，要将刚入道门的同门弟子张小言那些离经叛道的念头彻底打消。要知道，小言此去罗浮山，是要去担任四海堂堂主的，如果他道心不坚，闹出什么事情来，那可非同小可！

念及此处，这位敦厚坚毅的上清宫弟子，越发觉得自己责任重大。略一沉吟，他便想到了一个颇合情理的说法："道兄还是心太软了。现在这小妖女还小，等她再大上一些，她那些个野性便都会显露出来了。道兄可千万别被她美貌的外相给迷惑住了。举凡世上诸物，越是绚烂，则害处越大。我教教主李老真君便曾教诲，'五音令人耳聋，五色令人目盲'……"

"呃！道兄此言也是有理。只不过，道兄可曾想过，神龙凤凰之类的圣灵，却也非我族类之物。难道，它们也是那妖邪一流？"

"这……这些圣灵，连我辈也是望尘莫及，当然不能算在妖邪之内。我所说的妖邪，是那些个山精草怪之流，不是那……"

说这句话时，陈子平已不似方才那般理直气壮，一句话说得断断续续。正当他吞吞吐吐之时，小言却接过话头："其实，陈道兄，我觉得啊，我们因龙凤鸾麟是世间罕见的仙灵神兽，便敬它、赞它、誉它，我等还常常自惭形秽，但遇着那些个不如我等的山妖野怪，却是憎它、谤它、厌它，都欲除之而后快——这是不是有些势利？

"依我看，便如我人类之中，也有那善恶之分，那精灵异怪之类，却也是不可一概而论。

"李老真君也说过，'天地不仁，以万物为刍狗'。在这悠悠无为的天地面前，我等与那精怪木石，又有何处不同？"

小言这番言语，虽然说得平心静气，但听在上清宫弟子陈子平耳里，却如同惊雷一般："你这说法，却是前所未闻……不过，似乎也无从反驳。是啊，对那瑞凤祥龙之类，我等为何便不以为妖，反以为神？它们却也非我族类啊！这……"

一时间，上清宫弟子陈子平只觉得自己一向奉为金科玉律、深信不疑的信念，在这一刻似是裂开了一道细微的缝隙。

不过，毕竟原先的观念已是根深蒂固，发呆了半晌之后，陈子平在心里安慰自己："唔，应该不是这样的，一定是我道德不深，有哪处未曾解得。这教中向来奉行的意旨，绝对不会错的。"

这般，陈子平似乎找到一颗定心丸，心情略为平复了一些。

此时，小言也不再说话。

两人便这样放任身下的毛驴顺着山道迤逦而行。

他们两人日行夜宿，终于在离开罗阳镇七天之后，来到了上清宫所在的罗浮山下。

此时，已是接近四月底了。

小言与陈子平二人，徒步行走在罗浮山的入山山道上。

在离罗浮山不远的传罗县城内，小言已将那两头代步了近一个月的毛驴作价卖掉了。据陈子平说，入罗浮山上上清宫，一路上颇为险峻，毛驴非但不能代步，反倒是个累赘。

这一路上，陈子平已将上清宫与罗浮山的大致情况，跟小言说过好几遍。现在，他二人便正在向坐落于罗浮山飞云顶上的上清宫主殿进发。

罗浮山，乃道教十大洞天之一，位列第七洞天，名为"朱明曜真之洞天"，

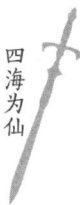

常被称为"朱明洞"。

这第七洞天的罗浮山麓委实不小,方圆五百余里,清幽灵秀,云烟缥缈,真个雄峰相继,峻脉连绵。

这么大一座山场,历代都封给了道教大派上清宫。

小言现在入得的罗浮山上清宫,其实并非只有一处道观。在罗浮主峰飞云顶,以及环绕周围的三座山峰之上,均有道场。上清门中,向来有"二阁二堂四殿"之说。

二阁之首,便是名扬道门的上清宫观天阁,是上清教中辈分极尊的长老静修之地。另一阁,便是上清宫藏经之所天一阁。观天阁与天一阁,均在飞云顶上。

对于天一阁,小言倒是蛮有印象,似乎老道清河当年便曾是天一阁中的高级道士。

接下来的二堂,乃是擅事堂和四海堂。前者负责管理上清门中各种闲杂事体,也在飞云顶上;后者则是上清宫俗家弟子堂,在环绕飞云顶的三峰之一抱霞峰上。小言这次来上清宫,正是来担任四海堂的堂主。

上清宫的主体,便是"二阁二堂四殿"说法中最后提及的四殿。这四殿便是飞云顶上的上清殿,朱明峰上的崇德殿,抱霞峰上的弘法殿和郁秀峰上的紫云殿。

上清殿是上清宫的主殿,崇德殿是主要研修道家经义之处,弘法殿是主要研习道家法术之处,紫云殿则是上清宫女弟子的修持之所。

这四殿各有侧重。虽然上清宫弟子均属某一殿之下,但除了紫云殿比较特殊之外,其他三殿对于上清宫弟子而言,并无明显界限。比如,崇德殿中的弟子,若是符合要求,便可去弘法殿中修习法术;而弘法殿中的弟子,亦会定时去崇德殿中聆习道家经义。当然,紫云殿中的女弟子,也可以到其他三殿中修习。

上清四殿的称呼,其实只是上清宫中较为习惯的称法,各殿实际的正式匾额上则俱都写为"观"。

上清宫弘法殿弟子陈子平,按来时教中长老的吩咐,带着未来的四海堂堂主张小言行走在去往飞云顶上清殿的陡峻山道上。洞天不夜,福地长春。少年张小言终于踏入了名冠天下的道教名门上清宫!

第十五章
云浮路曲，对面相逢不识

"终于到了！"

走上罗浮山麓的入山山道，平时并不怎么喜形于色的陈子平，现在却是高兴非常。

"是啊，都走了大半个月了。没想到罗浮山离我们饶州还挺远的！"

"嗯，如果将来我们也能学会御剑飞行的法术，便不用这么辛苦了！"

"啊?！还真有御剑飞行之术?"小言大为惊奇。

"是的，"陈子平道，"我上清宫中，便有不少前辈习得此术！只是，我等后生小辈之中，会那御剑飞行之术的，却只是寥寥。听门中长老提起，御剑飞行之术，没有一定的道行，是习不成的。"

张小言惊道："我等凡人，也能在那天上飞啊?！真是匪夷所思啊……不过，那天在马蹄山见得灵成子仙长化虹为桥，便知这上清宫的法术果是不凡。也不知我将来有无机缘，修习得这些高深的道法！"

"呵呵，张道兄既有此心，功成之日也是有的。一切随缘吧。"

两人在林荫道上，边走边聊着。

刚进罗浮山道不久，小言便感觉到，走在这林荫石道上，只觉得一股清冷之气扑面而来，全身上下的毛孔立时都舒张开来，浑身上下分外舒爽通透。他忍不住赞道："呼！这罗浮山麓，不愧是仙家洞天，果然不同寻常，刚一进来便觉得遍体清凉，分外神清气爽！"

"是比较凉快。不过，这山里面，似乎总是要比山外凉快一些吧。"

"……这倒是。"

进罗浮山之时，虽然只是暮春的早晨，但天气已颇露炎炎之态。现在两人行走的山道上，浓荫遮日，清风阵阵，道旁的石壁上还常有泉水渗滴，自是让人觉得凉爽许多。这些都属自然，与仙山洞府似乎关系并不大。

见小言有些尴尬，陈子平微微一笑，道："不过，我教所在的这罗浮山，位列十大洞天之一，自有它诸多特异之处。便如这罗浮诸峰中，就有不少峰顶一年到头都是白雪皑皑，但上清殿所在的罗浮主峰飞云顶，虽然是这罗浮山的最高峰，却四季如春，即使在飞云顶的最高处，一年到头也都是奇花遍布，绿草如茵。"

"真的吗？太神奇了！"

小言读了些诗书，又久在市井中厮混，也算是见多识广，但现在听得陈子平描述的仙山气派，却也是赞叹不已。

"现在我们还只是刚刚开始向上攀爬，觉不出多少异处来，若是再行得一程，你便渐渐会见到我罗浮洞天的妙处所在了。"

事实也确如陈子平所说。小言初时觉得山间风景还算平常，与那一路上见到的郊野山岭似乎也没多大区别，但一路走来，越往上行，便越觉察出这罗浮山的与众不同来。

渐渐地，小言看到崎岖石道旁，多了不少连他这个山里人也从未见过的花草树木。而那些林间灌木丛中，常常能瞥见一些毛色体形甚是奇特的小兽一闪而逝。

山道上的鸟雀,也渐渐多了起来。许多羽色鲜丽的鸟儿,在山道旁的树木间跳跃飞舞,婉转圆润的鸣声或徐或疾,甚是悦耳。

这些鸟雀,似乎并不怯人。比如,小言便看到几只头带金翎的鸟雀,拖着长长的火红尾羽,似传说中的凤凰一般呖呖地鸣叫着,竟还随着小言二人前行了好大一程,在他们头上飞舞盘旋不已。

"哈!这罗浮山的鸟雀还真多!"鸟影翩跹,直看得小言目不暇接,兴味盎然。

"是啊!这罗浮山中向来颇多珍禽异兽,只不过……"

"嗯?"

"只是觉得,今日这道间的鸟雀,似是比往日要多上不少。往日里,这林荫道上似乎要安静许多。"

"哈!看来,我张小言与这世上鸟雀,还是颇为有缘!"

两人这样一路说笑,倒也不太觉得出攀山之苦。

张小言正埋头走路,却突然听见身前陈子平说道:"张道兄请往前面看。"

小言闻言抬头,便看到在逐渐稀疏的夹道林荫尽头,有一块硕大的山石矗立在前面的山道上,似一头蹲坐的猛虎,阻断上山的去路。

这块山石正朝他们的这块岩面上錾着四个硕大无朋的篆体字:第七洞天。

这几个苍道的大字,带着身后旭日的光辉,居高临下,傲视着初谒罗浮的少年张小言。

只是,虽然是仰望,小言却丝毫觉不出有任何压迫之感。第一次目睹这样气势雄浑的天然石壁,小言只觉着胸中漾荡起一股说不出来的豪情。心底奔涌而出许多形容词,最终脱口而出的,却只有简简单单的两个字:"壮哉！"

虽然两人已经清晰地看到了这块石壁，但走到近前，却还是花了不少时间。

等小言走近石壁，才发现石壁其实便是山道旁一块巨大的山石。只是山道到了石壁这儿，从石壁底下绕了过去，山道旁边便是深深的山涧——正是巧借了这样的地势，才使得这块山壁在登山之人面前显得如此突兀雄奇。小言心中暗赞当年选这石壁錾字之人，真是独具匠心。

绕过这块石壁，小言便发现脚底下的山路变得有些陡峻了，攀爬之时已开始有些费力。又走了一程，小言正有些气喘吁吁，偶一张望，却见道旁不远处的繁密林中似乎隐隐露出了一角飞檐。

已走入罗浮山多时，小言却是第一次看见房舍建筑，当下赶紧扯住陈子平，问那是何去处，是不是已经走到了上清宫，却听陈子平答道："那是供人歇脚的半山亭。现在离飞云顶上的上清殿，才走了一半不到，还未到得登飞云顶的岔道处。"

"……"小言顿时就有点泄气。

陈子平见他这样，笑道："走了这么多时，我倒是有些累了。我们便在这半山亭歇歇吧。"

"嗯！"

于是，小言与陈子平二人拐入道旁林间小亭中，坐在亭沿上歇脚。

在林间清风的吹拂下，不一会儿小言便觉着疲惫皆消。

向四下望望，见林间遍布奇花异草，景色颇为清幽。又见有丝丝的阳光，正从林间不远处透射进来，似乎光亮之处别有洞天。

当下，正自闲坐的小言便颇有探游之意。回头瞅瞅正在那儿闭目养神的陈子平，却见他脸上仍现出些疲顿之色，小言便不忍拉他同行，只说了一

第十五章　云浮路曲，对面相逢不识

句："陈道兄,你先在这儿歇着,我去四下走走,一会儿便来寻你。"

"嗯! 反正今日动身得早,张道兄随意游览便是。"

于是,小言在山林之中随意行走,观览了一阵林间的花木,然后朝光亮处走去。

等小言走到片片光缕泄进之处,才发现已到了树林的边缘。从林边豁口走出来,小言突然发现,眼前的天地似乎在他面前一下子铺展开来。

这里正是罗浮主麓一侧,从这儿望过去,远处云烟缭绕、群山起伏的景致一览无余。林旁也有条山道,绕着山体延展开去,似乎也能上通下达。只是,这条石道似是不常有人走动,虽然还算宽阔,但石阶参差不平,上面杂草丛生。石道外侧便多是陡峭的山坡,下临着似乎流淌着溪水的山涧。从高处望下去,只觉得山崖下面竟是一眼看不到底。

虽然山道看似颇险,但对小言这名出身于马蹄山山野的少年来说,却只当平地。当下,小言便顺着石道朝上面又走了一程,只觉着眼前壮美的山景一步一换。

正当他驻足观望远处连绵的群山之时,忽听得身后山下,似乎正有人踏歌而来:

> 来冲风雨来,
>
> 去踏烟霞去。
>
> 斜照万峰青,
>
> 是我还山路……

听这声音,似乎吟唱之人已上了年纪,歌咏之间颇有些苍凉之气。

小言赶紧回头观看,见身后山道上有一位年长道人,身披缁衣,脚踏芒鞋,朝自己这处彳亍而来。

"是了,这罗浮山也爬得差不多一半了,应该也会碰到几个上清道人了。"

正转念间,那位缁衣老道已行到近前。小言赶紧避到一旁,并对这位显然也注意到了自己的道士一揖为礼。那道人也是客气地一揖还礼,继续向前走去。

待道人走过,小言便继续看他的山景,准备一会儿即回去与陈子平会合。

只是,过得一会儿,小言心中却思忖道:"方才那道长的吟唱之词,甚是清奇,颇有几分烟霞之意。呀!这分明便是一位道德高深的前辈,却是我眼拙了!可惜了!这对面相逢,竟不曾讨教一二……"

小言现在心中懊悔万分。

"嗯?这道人行走得并不是很快,我现在去赶,应该还来得及。"

只是,待小言脚下如飞赶得好长一段路程,却见眼前云山苍苍、天野茫茫,蜿蜒的山道上却是半点人影也无!

"呀!如此神仙手段,我却失之交臂,可叹,可叹!看来,还是我福缘不够啊!"

山道岑寂,唯见天边白云悠悠。看着眼前空无一人的石径,小言颇有些怅然若失。

小言现在站立的这条石道,正在山体树林的一侧,右手边无遮无拦,山风便有些猛烈。在荒凉石道上站了一时,小言觉得山风吹衣,竟有些寒凉,想起还在半山亭中歇息的陈子平,只好快快而返。

第十六章
绝顶之登，一览众山为小

就在小言刚才怅望的石道左侧树林中，有一位年长道人正坐在草间一块青石上，脱履摩足不已。只听他懊恼道："唉！真不该只贪着近路，结果却被石头崴了脚，倒要歇上好多时……晦气，晦气！"

再说小言与陈子平二人，又经过一个多时辰的攀爬，终于到了上清宫的山门处。

只见一座古旧的石门，矗立在通往罗浮山四座主峰的岔路处。这座高大的石牌门，造型质朴，上面并未镶饰什么花纹，只是简简单单在门顶牌额上书着四个篆字：罗浮上清。

有些出乎小言意料的是，这么一个名冠天下的第一教门，其石牌门面竟似是多年未曾维修清理过。山门两边石柱左近杂草丛生，两根石柱经了这么多年山间风雨的侵袭，其上多有风化剥落之处。那些侵蚀而成的石凹里，竟还生长着几株青草。

不过，也正因为这样的古旧，才让小言立即联想到罗浮山上清宫悠远的历史、深厚的根基。也许，正是这样的不事修整，让这石门略带一些残破，才更能让人感受到一种独特的古老气质。这反而比那些新兴门派焕然一新的光鲜修饰,更让人肃然起敬。

待入得上清宫石门,跟着陈子平攀上飞云顶所在的罗浮山主峰飞云峰,小言才知道什么是洞天境界、什么是神仙气象!

初从岔路登上飞云峰,小言发现山道相较之前更为险峻。有些地方的石道常常只有一人多宽,外侧便是深不见底的山渊。更有一段石阶,从下面望去,便似是凭空粘在陡立的峭壁危崖上一般,上下全无依着。

饶是小言胆大,初次看到这条危道,却也是不寒而栗。尤其当他走在这段凌空石阶上时,只觉得眼前层叠的万山似乎都扑面而来,那气势着实让他这个年少的罗浮初谒者凛然不已。

据陈子平说,飞云峰开辟山道时,开山匠人行到此处,发现山势实在太过险峻,难有附着之处,甭说开凿道路,就连靠近都很困难。山路修到这儿,似乎便成了绝路。

正当众人束手无策、一筹莫展之时,有一位上清宫的前辈高人,施大法力,凭空在刀削斧砍一般的直立岩壁上,硬生生拉出一条盘旋蜿蜒的石阶。

虽然路开出来了,也算能畅行无阻,但这条石道毕竟是悬在半空中,行走之人一想到自己正上不着天、下不着地,一个不妥便是阴阳两隔,就心惊胆战。因此,常需在这条凌空石阶上行走的上清宫门人,便将这段凌空的石道叫作"神鬼路"。是成神还是成鬼,便看能不能走过这条险道了。对初入上清宫的弟子,也有一条不成文的规矩:只有经得这条"神鬼路",去上清宫参谒过三清祖师像之后,才算证明自己道心坚固,从而正式成为一名真正的上清宫门人。

等诚惶诚恐地走过这条"神鬼路",再向上攀得一阵,小言突然发觉,自己身边竟似有丝丝缕缕的雾气,在不住地氤氲浮动。觉察出异状的他,忍不

住回头看了一下。这回头一望看到的景象,也让小言终生难忘。此时眼前的群山之中,到处都弥漫着白色的云翳。充塞天地的山岚,正在不住地蒸腾翻涌,便似那云海一般,辽无际涯。在不断飞动变幻的辽阔云海之中,正有三座苍秀的山峰,任排空而来的云潮奔涌冲刷,只是在那里岿然不动。在漫天云岚的簇拥下,浮动在云海之上的三山,便似传说中海外的瀛洲仙岛一般,如真如幻。此刻,天外射来的纯净阳光,正斜照在这三峰之上,照得这几座云海中的仙岛遍体通明,熠熠闪耀着圣洁的光华!

现在,小言正立于云海之上,看乱云飞渡,看山峰沉浮,一任高山上的寒风飒飒吹衣。

这一刻,小言觉得自己似乎已是那天上的仙人,渺渺乎不知其所自,茫茫乎不知其所已,恰似漫步云中,凭虚御风,飘飘乎直欲破空而去……

正是:海观尽头天作岸,山登绝顶我为峰!

陈子平见小言忽然止步不前,只在那儿痴痴看着抱霞诸峰,脸上颇现出尘之意,一时间也不忍出言扰他。

过了好大一会儿,待小言回过神来,陈子平才告诉他,他眼前这三座在万里云海中沉浮的山峰,正是上清宫除上清主观之外,其余几处殿观所在的山峰——朱明峰、抱霞峰和郁秀峰。

这几座山峰,环飞云峰而立,遥相呼应,与飞云峰一道,合称罗浮山"上清四洞"。

而罗浮山飞云顶,离小言发呆这处已不甚远了。过不多时,小言二人便来到了上清殿所在的飞云峰飞云顶。

将近飞云峰顶之时,山风郁烈,云气蒸腾,小言觉得浑身寒意颇浓,但等他到了飞云顶上,却觉得自己突然又似回到了山外那温暖和煦的春天里。

这飞云顶,便是飞云峰的最顶层了。

小言发现,飞云顶似是一个巨大的石台,四处平坦,如平地一般。

飞云顶上果如陈子平先前所说,真个琪花遍布、瑶草如茵,现出一派长春之意。葱翠的竹木间正掩映着几座飞阁挑檐的道观,其中有一座巍然高耸的楼阁,便是上清宫辈分极高的道人静修之所观天阁了。

现在小言眼前的飞云顶上清观,正是罗浮山上清宫的主殿。这座殿观,外形古朴,透出一股庄重的气息,显得道气盎然。观前是一处石砖铺就的宽阔广场,广场四角按五行方位分布着四座石雕像。小言略一观望,便知那四角的石像分别是道教四灵:青龙、白虎、朱雀和玄武。

广场中央的戊己方位,则安放着一个硕大的石质太极。太极图阴阳两半对合,阳面那一半上遍布着菲菲芳草,正自葳蕤生长,显出一派勃勃生机;阴面则是光洁的石面,上面不停流动着潺潺的水流,窅窅幽幽的水流,正不停地漫过整个石面。

小言对太极流水颇为好奇,因为他看着状若无形的流水之时,竟觉得灵台格外澄净空明,这一路登山的辛劳竟似一扫而空。

犹让小言惊奇的是,他端详了半天,却始终没搞明白,这太极阴面的水流是从何处生,又是流到何处去。这水流凭空出现,又凭空流散,便似生生截断了一段流泉,将它安放在此处!

此时石砖广场上,有几个上清宫道人在走动,见突然来了这么一个少年,只是站在太极图前发愣,便不免都有些好奇。见引起了师兄、师伯们的注意,陈子平便赶紧招呼了小言一声,领着他往上清观观门而去。

到了上清观观门处,陈子平跟守在门旁的弟子说明了来意,请他跟掌门通告一声,说四海堂新堂主张小言已到门外。

那个小道士应声而去,小言与陈子平二人便在门外候着。小言看到,上清观观门的抬头石匾上鏨的是"洞映上清"四字,两侧则是一副字体古拙的对联：

> 锻命摄性，玄门至道通仙境；
>
> 澡雪柔挺，兰台灵光透犀真。

对正观看对联的小言来说，"入上清之门"是他朝思暮想的事，此刻终于成真，按理说应是激动非常，但等他真到了上清宫的门口，反倒平静下来，还颇有兴致地玩味起这副对联来。

不过，等得了准许，走入上清观观门，要去见名震天下的上清宫掌门时，小言心中还是忍不住打起鼓来。

在一间清静整洁的静室中，小言终于见到了罗浮山上清宫的掌门灵虚子。

在见到这位上清宫名声最大的道人之前，小言对他的相貌有过诸多揣想。

虽然想象中的形象颇多，但总离不了高大威严、仙风道骨的苍老模样。然而等真正见到上清宫掌门灵虚子之时，小言才发现，自己只猜对了一半。

这位上清宫掌门，果然是一派道德渊深的灵妙风姿，但与想象略有出入的是，这位名震道林的上清宫掌门样貌并不十分苍老。他生得也并不十分高大，站在小言面前，似乎比他还要矮上一两分。

但便是这不甚张扬的外貌，却自然流露出一股说不出的威势。虽然他面含微笑，随随便便地站在那里，却让人不由自主地升起一种敬畏之感。

见到小言前来，灵虚掌门也挺高兴，对小言家将马蹄山福地让与上清宫修筑别院之事，颇是致谢了一番，直听得小言诚惶诚恐，连称不敢。

见眉目清奇的小言谦抑有礼，灵虚掌门也甚是满意。

稍停了一下,他便着人传四海堂的前任堂主刘宗柏、现在的弘法殿清柏道长,前来与小言略谈一下交接之事。

待这位俗家弟子堂前堂主得到传报入得堂内,小言见到他的容貌,忍不住讶异地叫了一声:"原来是你!"

第十七章
神剑忽来，飞落月中之雪

见过上清宫灵虚掌门，拜过三清祖师像后，小言与四海堂前任堂主简单交接了一下，便算正式上任，在罗浮山上清宫安顿了下来。

这里却还有个插话。原来，小言在半山亭外山道上见到的那位神龙见首不见尾的"神仙"人物，正是清柏道长！

当小言跟清柏叙说了那时的情形后，清柏不禁哈哈大笑，当下便将自己崴脚一事告诉小言。听清原委，不仅小言哑然失笑，那位站立在一旁的灵虚掌门也不禁莞尔。

四海堂乃罗浮山上清宫俗家弟子堂，坐落在罗浮山抱霞峰千鸟崖上。此处景色清幽，自成一格。几间石屋，背倚石崖，屋前是一方石坪，葱茏的竹木环绕四周，绿荫交翳，隔绝了尘野的喧嚣。

居于其间，入目的是宜人的青翠，入耳的是悦耳的鸟鸣，真如世外桃源一般！

四海堂前这块宽阔的石坪，左边仍倚着峭然的石崖，乱皱的石崖壁上，一眼冷泉自石间而出，潺潺流泻，四季不歇。

石坪之前有一座小巧的凉亭，名曰"袖云亭"。亭下便临着险峻的山坡。

陡峭的山坡上,多生有松竹树木,为千鸟崖染上四时常青之色。

竹木之间的略微平缓处,则有一道白石铺就的石径,斜斜地向山下蜿蜒而去。

若依飞云峰而言,抱霞峰上的弘法殿正对着飞云顶,算是抱霞峰的正面,四海堂则在它的背面。

千鸟崖对面的无名山峰上,于乱石之间悬挂着一条宽大的瀑布,水势轰然,流声不绝。坐在石居之中,从窗中便能瞧见这道如练的水瀑。

石屋门前两侧,则立着一对身姿宛然的石鹤。这对石鹤,倒不是单纯用以装饰。据清柏道长告知,若是飞云顶有事召唤,这对石鹤嘴里便会冒出缕缕烟气,同时还会发出嘹呖之声!

虽然四海堂石居清陋,但对于小言来说,已是令其心满意足的了。

况且,这清幽的景况,在小言看来,颇有几分神仙气概。能住在这儿,小言已觉得是自己几世修来的福分。

待小言来到罗浮山,走马上任四海堂堂主之后,才渐渐了解到上清宫俗家弟子堂的堂主,大致具有什么样的职责。也难怪饶州清河老道在他临走前要赠给他那本符箓经书。原来,四海堂堂主在上清宫中还真只是个闲职。

与那个在世俗间闻名的天师教不同,上清宫更注重世外清修。因此,上清宫对俗家弟子堂不是很重视。一个直接的表现便是,四海堂虽然位列上清二堂之一,全堂上下却只有堂主一人,再无其他职司。

小言现在已经知道,他这个四海堂堂主的最大职责,便是看管好堂后小屋中藏贮的俗家弟子名册,以及一些相关的经卷。另外,还要隔三岔五地去罗浮山山下的上清宫田产巡视——这田边地头的巡查任务,居然也是他这四海堂堂主的职责之一!

前一个职责,委实没什么事好做。因为在那个藏贮册卷的石屋唯一的石门上,教中前辈高人早已布好一座五行阵。如果没有小言那块材质不明的堂主令牌,便无法打开。若是有人想要强行闯入的话,便很可能会遭受不可修复的永久伤害。

不过,那位清柏道长介绍完五行阵之后,忍不住又咕哝了一句:"唉,有人会来偷吗?"

这句话虽然低不可闻,但小言耳力甚佳,还是一字不落地听到了。

接下来的日子里,小言果然觉得清闲无比。只不过,曾经的山野少年,却丝毫觉不出有啥闲闷。他前面的历任堂主,在石屋之中留下不少道家典籍。小言无事之时,便常常翻阅品读。上清宫掌门灵虚子也曾告诫小言,说他初入道门,应先多研习些基本的道家经义。

经典读了很多,但小言觉得自己与那渴求的最终义理之间,仍似横着一层隔膜。虽然这层隔膜看似一点便破,但真待他凝神去想之时,却发觉还是毫无头绪——触手可及的距离,其间却似有天渊之隔。直到十多天后的一个晚上,事情才似乎有了突破。

那晚正是月半,月满如轮,清光万里。小言闲来无事,便在千鸟崖的石坪上迎风赏月。

小言面前连绵起伏的群山之上,一轮明月正挂在片云也无的纯净天幕中。罗浮山上空的天宇正呈现出一种纯粹的深蓝。在这片深蓝的映衬下,小言只觉得天空中那轮明月流泻千里的月华,分外动人心魂。

看着月照千山的美景,小言只觉得灵台一片空明。

当下,他便忍不住心生赞叹:"呜呼! 不愧是仙山洞天! 站在这千鸟崖上,再看天上这明月,都觉得月轮分外清澄明亮!"

对着千山月明,小言正琢磨着要不要吟上几句以助清兴,却忽地听到,在自己所住的石屋之内,似乎正有啥东西在嗡嗡作响!

小言闻声正要走过去察看，却突听得石屋之中赫然一声清啸，有若龙吟一般。正不知发生何事，小言却突然看到，自那石屋窗中，有一物如游龙一般，倏然电射而来，眨眼间便飞到了自己身旁！

事出不意，让小言吃了一惊。定睛一看，却发现突然凌空飞来之物，正是自己去年从马蹄山上捡回来的古剑！

这把去年没能卖出的古剑，现在却似通了人性，正剑尖点地，"立"在他这个主人身旁。

"唔！这剑果然多有古怪！"小言心中暗忖。

他正想往前凑凑，看看到底是咋回事，却发现，虽然目不可及，但窈窈空冥之中，自己头顶上充斥整个天宇的月华正自趋合汇聚，且越积越强，如千川归海一般，正在往自己身旁的古剑中汇去！

立在古剑近旁的小言，待月华流光扫过自身时，才发现自己身体中那股太华道力似乎受了月华气机的牵引，开始在四体八骸中不住地流转！

此时的古剑，又发出幽幽窅窅的光华。银色的月辉，一触到剑身表面，便如泥牛入海一般，倏然不见，那原本黯淡无光的剑身上，现在却似正流转变幻着各种莫名的图纹！

眼前看似无比奇诡的情景，对少年小言来说却是熟悉无比。

去年夏天小言在马蹄山头那块白石之上经历的那个诡异夜晚，还有几个月前自家马蹄山突兀而起时的饶州天空，都曾出现过这样如若梦魇的诡异情状。

现在，拜这无名钝剑所赐，小言全身也沐浴在它吸引而来的无形月华之中。不，不只是自己头顶的月华，小言清楚地感觉到，充塞浮动于罗浮洞天千山万壑之中的天地灵气，似乎也都被牵引起来，旋动，流转，汇集，一起朝这把幽幽窅窅的古剑奔涌而来！

虽然，这一切都发生在无形之中，但曾经让那神曲《水龙吟》鸣啸于人间的小言，却真真切切地感受到了聚涌而来的天地精气。

不，并不仅仅是感受到。现在，四海堂堂主张小言，已立于浩荡奔腾的旋涡中心！

与身外旋涡相对应，现在小言身体里那股有如流水般空灵的太华道力，似乎将其身体当成了一个小小的天地，正在循着他身外天地间那庞大旋涡的方向，奔涌流转，生生不息。

随着相生相济、顺时顺向的旋涌流转，小言只觉得自己拥有的太华道力正在将体外庞大无俦的天地灵气，至空至明、至真至灵的先天精气，如抽丝剥茧一般，一丝一丝地汇入到自己身体里这个小小的旋涡中来。

与上次在马蹄山上忍受的非人煎熬不同，这一次，小言却未感受到丝毫痛苦。现在小言觉得浑身都充盈着欢欣鼓舞的勃勃生机。在这一刻，似乎整座罗浮洞天的千山万壑、整个明月静照的天地乾坤，全都有了自己的生命，蓬勃葳蕤，通过至大至微的无形水流，一起向这名伫立于抱霞峰顶的少年微笑，致意……

不知过了多久，奇异的感觉终于像潮汐一样渐渐退去，再也不留一丝一毫的痕迹。

随着水潮的退却，古剑旁如入梦境的小言睁开了自己的双眼。哦！原来自己还在抱霞峰的千鸟崖上啊。

重又回到人间的小言，又朝那把古剑望去。

只见这把曾和他闹过情绪的无名古剑，现在重新回复了钝拙无锋、平淡无奇的模样。只是，在小言眼里，这把自己曾经差点当掉的钝剑，现在却是那么神秘莫测。

"呵呵，上次我在马蹄山头那块白石上乘凉时的古怪遭遇，也是你干的

好事吧?"

虽然现在明白这古剑绝非凡物,说不定还和自己那玉笛神雪一样,属于神器一流,但小言心性素来旷达,得剑这么久,可以说是与之朝夕相处,这把钝剑在他眼里,就像一个爱闹脾气的老朋友一般,对它实在生不出什么敬畏之心。只不过,现在这把古剑听了小言这话,却是毫无响应,一副"我只是段凡铁"的模样,怕是又在那儿装聋作哑了。

"哈!刚才倒真要多谢你!现在我神清气爽,说起来都是沾了你的光啊!"

原本只是站在山头赏赏月,从没想过还会有这么一段插曲。但小言现在委实感觉经了这一遭,自己整个人便像是脱胎换骨了一般。呃,如果这么说有些夸张,那至少自己现在似睡了香甜的一觉之后,大梦初醒,浑身上下只透着一种说不出来的清爽宁和!

"我说剑兄啊!所谓'赠人以鱼,不如授人以渔',不如,你便把这吸纳灵气的法子教给我吧,省得我以后老要来蹭你的份子!呃?还没动静?嗯,大不了我保证,以后再也不拿你当棍子使了。哈哈!哈哈哈!"

正当小言心情大好,只顾着开玩笑之时,突然手中一轻,还没等他反应过来是怎么回事,便猛觉得眉心突然一冷。月辉映照下,神秘的古剑,现在正凌空飞指,剑尖正抵在自己的印堂穴上!

可以说,还没等小言来得及害怕,空冥之中突然轰隆一声巨响,随之一股庞大无匹的力量冲破他的印堂,透体而入,狠狠地"砸在"小言脑海之中!

小言只觉得各种各样古怪的符号,或能够感知,或无从知晓,刹那间便似天河倒挂、雪山崩塌一般,铺天盖地地朝自己奔涌而来!这样磅礴无朋的灌输,前后只持续了电光石火般的一瞬。

最后,所有的灌输也像潮汐一般尽皆退去,只有一个小言日思夜想的词,清晰无比地留在他的脑海之中:炼神化虚。

……山风吹拂,千鸟崖上正呆若木鸡的小言,忽然开口,对眼前这把还刃指眉心的钝剑,恭恭敬敬地说道:"多谢剑兄相教! 原来,这吸化天地元灵的妙术,正是我那'炼神化虚'可达的一途。"

小言被月光笼罩的清秀面庞上,正露出一丝真心的笑颜。这把原本缄默无声的古剑,似乎受到小言的感染,突然间也欢欣雀跃起来。只是还未等小言笑容退去,这把刚做了一次良师的古剑,便已倏然不见,从他眼前消失了。

小言正慌忙往地下四处寻找古剑之时,却突然听见远处的群山之间,一声清啸凛然而起。

小言赶紧凝起目力,努力向那啸声回响之处望去,却见有一点流光,似那天陨流星一般,在罗浮山洞的苍莽群山之间飞腾翔舞!

在小言灿若星华的目光相随下,这一点粲然的星光,飘飞得越来越欢,倏来倏往,真是"瞻之在前,忽焉在后",饶是小言目力极佳,却也往往追随不及。

随着这点星光在天野之间的疾速奔飞,伴之而生的凛然啸音越来越响,到最后,便如虎啸龙吟一般,回荡在罗浮洞天月夜千峰之巅!

"呼! 原来是它在飞! 呵,我这古剑的脾性,还真让人捉摸不透啊!"

不过,小言倒觉得这把古剑甚是有趣,嘴角不禁莞尔。

"呃?"正在悠然自得的小言却突然想到一个问题,"这……它闹出这么大的动静,会不会吵醒那些师兄师伯?"

小言刚一这么想,便像立即要验证他的猜测一般,眼前群山之上的黝色夜空中,忽地飞起一蓝一白两道光芒!

这两道流光,在夜空中疾速地飞舞萦绕,似是在搜寻追逐着什么。

正当小言看得目瞪口呆之时，却听半空之中，突然传来一个仿若洪钟的声音："敢问何方高人？夤夜访我上清！"

这句沛然的话语，中气十足，回荡在罗浮群山之间，奔腾滚动，久久不绝。

"……坏了！这下可闯祸了！看来我这位剑兄，真不该半夜吵闹，现在都惊动教中前辈了！"

看样子，恐怕空中舞动的两道流光，便是陈子平口中欣羡不已的上清宫御剑之术了。

正当小言暗叫不妙之时，却看到远远的群山之外，突然有一道耀目的光华一闪而逝，先前那连续不断、有若龙吟的清啸之声突然大盛，然后便戛然而止，一切都归于沉寂。

正当小言不知道发生了什么事之时，便看到空中那两道正在飞动的蓝白剑光，猛然间齐头并进，便如追星赶月一般，齐往光华闪过的远方追去。

"呃！看来我这位爱闹脾气的剑兄，这次怕是麻烦大了！唉，瞧它这脾气，我这位剑兄，倒更像个爱玩闹的小姑娘！"

忽然联想起那个行事从无定准的灵漪儿小丫头，小言不免又大发感慨一番。

小言正自仰头唏嘘，却猛然觉得自己右手蓦地触到一冰凉之物。突然来这么一下子，吓了小言一跳，低头一看：呃……现在正安安静静腻在自己掌中之物，不正是那把刚刚闯祸的无名怪剑？

见这把神鬼莫测的怪剑，居然晓得声东击西的脱身之术，小言不禁心中大乐！只不过，现在他可不敢放肆地笑出来。瞅了瞅远处夜空中那两点还在不时闪动的剑光，小言赶紧拿着这把怪剑，迅捷无比地溜回房去……

第十八章
风流影动，忧喜无端上眉

第二天一早，小言起床后第一件事便是拿着这把古剑，在屋前石坪上举高放低，上下摩挲剑身，想要搞清楚这剑到底有啥古怪。

正当小言迎着亮光，像察看货物一般细细端详古剑之时，却突然听得唏呖一声清鸣，然后鼻中便闻到一股异香。转头看时，却见门侧那对石鹤的修长喙中，正自缭绕起两缕白色的轻烟。

"哦！是飞云顶有事相召。"

小言将那把怪剑小心翼翼地放回屋里，准备应召出门，心中却突然冒出一个不妙的念头："突然相召，莫不是冲昨晚那顿闹腾而来？嗯！还真大有可能！

"召我前去，难道是哪位前辈高人瞧出了啥苗头，知道昨夜那道剑光是从我这千鸟崖上飞起？哈，即使知道又如何？大不了也只是怪我扰人清梦而已！哈哈！"

只不过，饶是小言为自己这般排解，一路上仍是有些惴惴不安。就在"心怀鬼胎"的小言转到抱霞峰上正对飞云顶的弘法殿附近，快要靠近通往飞云峰的捷径会仙桥时，正好碰到几位紫云殿女弟子袍袖飘飘地迎面而来。

小言所立的石道甚是狭窄,见前面来了三四位女弟子,他这名曾经的市井少年便习惯性地避让到了一旁。

几位目不斜视的女弟子通过之时,小言偷眼一瞧,看到为首之人正是上清宫年轻女弟子中的翘楚——杜紫蘅。

这位杜紫蘅杜姑娘,不光相貌生得娇俏无比,手底的道法修为也臻于一流。这样的人物,自然便是抱霞峰弘法殿中日常谈论的焦点人物——杜紫蘅之名,在这教门之中,也颇不亚于掌教师尊灵虚真人,小言的耳朵更是差不多听出老茧来了!

因此,现在小言只是随便一瞧,便在几位飘然而过的女弟子当中,一眼认出了这位闻名遐迩的杜紫蘅。

小言正待重新上路,前面那群女弟子中忽起一阵叽叽喳喳的低语声,话语顺着山风翩然而至,一字不落地悉数传到他的耳中。谁叫他的耳力现在变得这么好了呢!

这些个正当妙龄的女弟子,说起话来自然似燕语莺啼,听得小言无比舒服,但一联系到内容,小言便无论如何也高兴不起来了。

原来,那几位女弟子,包括杜紫蘅,在那儿窃窃私语,对小言原来的市井身份大加品评:"杜师姐,刚才那位让在道旁的小道士,好像是那个新来的四海堂堂主哦!"

"是吗? 没注意。嘻! 太不起眼了。"

"嗯,我也看到了,就是那个靠捐出自家山场,才入得我上清之门的新堂主! 喂,你们知道吗? 这个新堂主,以前做的事情,可实在是……"

后来这个接上话的女弟子,话到嘴边却留下半截,只在那儿吊姐妹们的胃口。

话说这些女子在一起,总似有扯不完的话题,便连杜紫蘅这样的出众人物也不例外。当即，小言便听到这个杜师姐的声音急切地响起："呀！他做的啥事？茆师妹你别再卖关子了！快说嘛！"

"嘻！那我可说了。我从那些师兄口中得知，这个四海堂的张堂主啊，以前……"

说到这儿，便似乎后面的话羞于启齿一般，她只在那儿嗫嚅不言，这样一来，便更引得她那班姐妹连声催促。

又忸怩笑闹了一阵，才听得那茆师妹继续说道："听说他以前……一直待在一座酒楼里，好像是做乐工啥的！"

"呀，真想不到，这看起来长得还算老实的少年，以前竟在这样鱼龙混杂的地方做事。掌门师祖们也真是，怎么可以把这样的人招进我静修天道的上清道门？"

小言闻言，心说道："这些道宫之中衣食无忧的小姑娘，却如何晓得我的状况？"

小言正自无奈苦笑，却忽听得一个声音有些迟疑地建议道："杜师姐，不如……你便出手教训教训他吧！"

"呃？！"正当小言咀嚼这"教训"二字是何含义之时，猛然觉得身边一股大力袭来，猝不及防之下，哎呀一声，小言已被推跌在道旁！再一瞧，一股强力的旋风，正从他身旁呼啸着旋转而去，一路裹挟起不少草叶尘土。

正当小言吃痛之时，却听得那几个女弟子，好像刚刚看到了一件大快人心之事一般，七嘴八舌地赞道："紫蘅姐！你这旋风咒，原来已用得这般得心应手了呀！"

"既然是杜师姐，那是自然的啦。唉，还不知道我什么时候才能将那烈火诀练得如同杜师姐这样熟练……"

只听得一路银铃般的欢声笑语，洒落在抱霞峰的山道上。重归寂寥的山道上，只留下倒霉的小言在熹微的晨光中吃痛不已。

"呵呵，这班修道的女孩，心性倒是这般疾恶如仇！只是，我可真冤哪！正经出力，糊口而已，算是啥坏事啊?! 罢了，这次便不和她们计较了。还是赶紧去飞云顶为是！"

受了无妄之灾的小言，虽然有些憋屈，但想着掌门急召，一时也顾不得那么多，赶紧通过那座天然而成的会仙石桥，往上清殿急急赶去。

待到上清殿门口，守门的小道士对他恭敬一礼，道："张堂主，请速去东偏殿议事堂中，掌门有事相商。"

小言走入议事堂时，发现除了灵虚掌门之外，还有几位以前未曾谋面的道人。这几位道人，似乎早已到来，已经议过一阵。

见小言到来，本教掌门灵虚子便微笑着将他介绍给其他几位道长。之后，又把这几位气宇不凡的道人，也大略向小言说了一遍：那位面貌慈祥的女道长，便是郁秀峰紫云殿的首座灵真道长；旁边那位气度平和的年长道人，则是位列朱明峰崇德殿之首的灵庭道长；在他旁边的那个略有腮须、长相威严的道人，便是弘法殿的清溟道长；位于众人之末的那个神色活泛的道士，则是统揽上清宫俗务的擅事堂堂主清云道长。

这些正教闻名的高人，在灵虚掌门介绍到自己之时，也都温和地和面前这个恭谨的少年堂主互相致礼。

虽然，以前小言基本无从见得这些人，但从弘法殿弟子日常的言语之中，对这几位上清宫的首座还是略有所闻。

正是眼前这三位灵字辈道长，灵虚、灵真、灵庭，与那个正在主持马蹄山别院的灵成一道，合称"上清四子"。平素旁人见了，都会在他们的道号之后，缀上一个"子"字的尊号。而外教之人，则俱都呼他们为"真人"。

上清四子之中，掌门灵虚子与灵成子，小言已然相识。那位紫云殿的首座灵真子，平素倒不常听说。气度清静宁和的灵庭道长，据小言听来的消息，倒显得颇为特别。灵庭道人不仅被尊为上清四子之一，同时还位列朱明峰崇德殿首座，却是一丝一毫的道法也不会！

但是，即便如此，上清宫上上下下，无论谁提到"灵庭"二字，俱都恭恭敬敬。因为，这位灵庭真人虽然不会法术，但道德渊深，在道家经义上的修为已臻化境。平素，上清门中若有谁修炼道法遇上瓶颈，百思不得其解，便常常会去向灵庭道长请教。往往，只不过只言片语，他便能令求教者茅塞顿开。

这位丝毫不习道法、只晓得沉迷于道家典籍之中的灵庭真人，也算是上清宫中的一位异士了。

他身旁那位面相威严的清溟道长，则是弘法殿的住持。虽然，弘法殿名义上的首座是上清四子之一的灵成子，但灵成道长如闲云野鹤一般，常常在外游历，他这个弘法殿首座，也只是挂名而已。实际上的弘法殿首座便是灵虚掌门的二弟子清溟道长。

清溟道长的辈分比上清四子低了一辈，但在道法修为上，据说已与他们不相上下。他是现在上清宫清字辈诸人中，公推的道法修为第一人。事实上，在上清宫中，现在隐隐已有"上清五子"的说法，即在那灵辈四子之外，还要加上"清溟子"。

这位清溟道长，不仅法力高强，为人也甚是刚直。那位与小言相熟的陈子平陈道兄，怕便是受了他这清溟师父的影响。

这不，灵虚子刚刚将诸人介绍完毕，那清溟道长便忍不住出声说道："掌教师尊，昨夜之事，确实古怪！弟子与灵真师伯飞起追查之时，见那驭剑之姿，如同鬼魅，最后更如石沉大海，突然间那飞剑便杳无踪迹，再也搜寻不到。如此藏头缩尾的行径，恐怕非我正教之人所为！"

"哦？"灵虚子闻言，便向灵真子看去。只听灵真子答道："正如清溟师侄所言。"

"唔……即便如此，却也并不一定是邪魔外道。只是，我罗浮上清宫向来勤修自持，却不知还有哪位法力渊深的道友，会来我罗浮山搅闹？"

"莫不是当年那太平道的余孽？"说话之人，正是擅事堂的堂主清云道长。

"呃……那黄巾一党，当年已是风流云散，现在过了这么多年，恐怕不太可能是他们。"一直没说话的灵庭道长，出言否定这种可能。

"那……会不会是秦末被我上清宫一力剿灭的邪魔外道——多难教？"

"这个更不可能！当年多难诸邪已被我教祖师等人一网剿灭。况且年代更为久远，应该与他们无涉！"这次却是清溟道长说话，断然否定了这种可能。

"哈！当然不可能！那肇事之物，现在还乖乖躺在我房中石几上睡觉呢！"

现在表面上老老实实的四海堂堂主小言内心里却是暗怀着"鬼胎"，只盼这熬人的议事快些结束，省得说着说着，一个不小心便扯到千鸟崖上去！

正当小言如坐针毡之时，接下来灵虚掌门的一席话，便似给他颁下了一道赦旨："各位道友，今日之事，便议到此处吧。不管昨晚造访罗浮之人是敌是友，各位都要严加小心。回去后，还请诸位道友约束好门下弟子，不要惹出什么事端来。"

在场诸人，俱都恭敬称是。只是，四海堂堂主小言心里暗自嘀咕了一句："我却省事，只要约束好自己就行。呃！不对，还得看住那把怪剑！"

正自思忖，却听灵庭道长出言向灵虚子说道："掌教师兄，既然现在敌况不明，而那还在饶州的清河师侄，已因马蹄山之事撤去了一身禁锢……"

说到这儿，灵庭道长倒有些踟蹰，略一迟疑，但还是继续说道："何不就此将他召来罗浮，也好添一强援？"

灵庭道长这话刚一落定，正因那"清河"二字竖起耳朵的小言，却奇怪地看到，一直从容淡定的灵虚掌门突然面沉似水，说道："那个清河……还是先让他在马蹄山好好待着吧！"

小言瞅这情状，心中大奇："咦？怪哉！这位灵虚掌门，却也不像是那种胸无城府之人，却又怎么一听人提起那清河老头儿，便如此怒形于色？

"呵！瞧掌门这架势，估计那个清河老头儿将他气得不轻。也不知当年那老头儿在这罗浮山上，怎么个坑蒙拐骗，闯出啥祸端来。嗯，下次遇上他，一定要好好问问！哈哈！"

正当小言胡思乱想之时，却听灵虚掌门已然恢复了平和，又认真说了一句："诸位道友回去之后，特别要告诫出山游历的弟子，遇到其他教派之人时，切记不可锋芒毕露。"

看来，看似领袖群伦、风光无比的天下第一教门，内里行事也如履薄冰！

第十九章
云停花睡，谁敲月下之门

回到千鸟崖之后，看着绿荫掩映中的四海堂石屋，小言忍不住长长舒了一口气。

忙活了一上午，现在又清闲了下来。小言终于有了些工夫，可以在袖云亭中细细回想昨晚自己吸化天地灵气时的奇妙异境。

"昨晚那时，随着太华道力的洄流圆转，似乎自己便与那悠悠的天地一同呼吸吐纳。"

悠然望着云天外那几点飞鸟悠然的翻姿，小言在心中为自己昨晚的感受打了一个生动形象的比方。

"嗯，就是在一同呼吸，呼吸充盈于天地之间的仙灵之气！"

小言越想越觉得这个比喻巧妙，似乎再也找不到比这更恰当的比喻了。

又想了一会儿，小言觉得肚子有点饿了，就去弘法殿中吃饭去了。吃饭时，他碰到了半个多月前陪自己同来的陈子平，免不得寒暄了几句。现在在上清宫中，小言差不多也就只能和陈子平说上点话了。

吃完饭，在回千鸟崖的路上，小言脑海中不由自主又浮现出半个多月前，在罗阳郊外竹影扶疏的山道上，琼容小姑娘怯生生的面容。想起那个小姑娘初时渴望的双眼，最后又似乎欢快离去的步履，一时之间，旷达的小言也觉得有些黯然神伤。

"想我在这四海堂中，也算好好供职了这么多时日。这几天我就多到擅事堂走走，看看教中最近有没有啥采买竹纸的差事。如果有的话，我就应承下来，也好去罗阳看看琼容小姑娘。"

很可惜，虽然小言满心期冀，但老天却似乎不想就这样轻易遂了他的愿。

待小言去飞云顶擅事堂询问竹纸采办事宜时，那位擅事堂堂主清云道长竟告诉他说，自己堂中的竹纸存量甚多，就是用到年底，也怕是用不完……

此路不通，还得另想他法！

只是，这事儿还有些尴尬之处。盛产竹纸的罗阳，离罗浮山也算路途遥远了，倒不是他这四海堂堂主说去就能去的。急切之间，小言也没能想出啥其他的高招。

接下来的日子里，每天晚上小言都会按照怪剑提醒的"炼神化虚"的方法，汇聚吸纳充盈于罗浮仙山之间的天地灵气。

话说这日夜晚，又是月白风清，小言便在袖云亭旁的石坪上呼吸天地灵气，淬炼太华道力。那把他现在已呼之为"神剑"的钝器，自那晚飞腾呼啸于万山之后，任小言如何逗弄，却再没有丝毫响应。

只不过，现在小言对这把又装得像凡铁一般的钝剑有了新的理解："呵呵，看来我这把神剑，倒还挺挑，不是那三五月明的良辰吉时，还不乐意出来做功课呢。"

月照山冈之上，小言坐如雕塑，静心练功。

小言此时看上去呆若木石，但在浩瀚无垠的天地星辰之间，却有无从看见但真切存在的硕大旋涡，正在天穹中扭动弯曲，朝小言所在之处不住地流转、汇聚。

一个多时辰之后，似与整个罗浮天地融为一体的小言突然间伸了个懒腰，说道："嗯，完成任务，该去睡觉了！"

然后，便见他站起身来，返回石屋床上，解衣睡下。

只不过，现在小言却有些睡不着，努力凝神静思了一会儿，还是不能入眠。

"唉，这炼神化虚的法子，妙是妙，却也有个坏处：每次运转几周天之后，整个人都精神十足，倒让我最近常常失眠！"

"嗯，只好用那一招儿了！"于是，睡不着的小言又开始琢磨起来，"我这吸纳进来的天地灵气，还有这融汇而成的太华道力，到底是啥东西？"

正当小言想得头昏脑涨，正暗喜就要成功入睡时，却忽听得石屋窗外有嗒的一声响动，似踩踏之声。

这声响动，其实甚轻，却还是被小言听到了。

"谁？"小言反应颇是灵敏，立马翻身而起。却见透山窗前，似有一道黑影倏然一闪而逝！

"何方高人，黉夜来访？"不知不觉中，小言用上了那晚清溟道长的说辞。

待小言抄起那把神剑，推门冲到屋外之后，却见屋前石坪四处并无人迹，唯有月色如银，在石坪上积得似水空明。

"……"

虽然一眼瞧去悄无人迹，但小言还是不放心，提着剑又在四处细细巡查了一番。

一番仔细察看下来，却还是毫无所获。

"罢了，方才恐怕是我晕晕乎乎，错把那飞动的夜鸟，当成不速之客了。"

一无所获的小言只好返身回到床上，郁闷地重新开始思考："太华道力到底是什么？！"

第二天清晨，小言在一片啁啾的鸟鸣中醒来。

因为昨晚一番意外的折腾，他倒比往日起来得迟了一些。

咯吱一声推开门扉，小言对着千鸟崖前空阔的群山舒展着腰臂，大口大口地呼吸着混杂着草木清香的清新空气。

高山上特有的纯净空气，似乎与他每晚炼化的天地灵气一样，让人只觉得无比心旷神怡。

"咦？这是什么？"

小言去岩壁冷泉处撩水抹脸漱口回来，正要进屋读书之时，却突然发现石屋门侧左边那只石鹤嘴上正挂着一串犹带露珠的鲜红朱果。乍看上去，倒像是鹤嘴叼着那串果实一般。

"咦？好像昨天我没采啥野果晾在这儿吧？这么说，难道昨晚并不是我的错觉？还真有人来过？"

第二十章
千里客来，徜徉一身月露

"咦?"手里摩挲着这串带有润泽晨露的鲜色朱果，小言心中大奇，"谁会半夜来给我送这么串果子?"

小言这个自幼生长在山野村户的贫寒子弟，自然积得多年摘食野果的经验，一瞧这朱果生长的模样，再嗅嗅它的气味，便知道这果实不仅无毒，而且绝对鲜美。

他一边吃着甜美多汁的果肉，一边心里可就琢磨开了："这事还真是奇了! 想我这张堂主，在罗浮山上清宫中除了陈子平之外，几乎未交得什么朋友。那位陈道兄，自然不会深更半夜来给我送啥蔬菜瓜果! 难道，我以前不小心救过啥山间虎豹野兽，现在它衔物报恩来了……"

遇到这等奇事，小言忍不住联想起以前常看的神怪志异。

"呃! 不对，如果是虎豹的话，叼来的应该是野兔山鸡才对! 难道我救的竟是飞禽? 呃……真想不起来了。也许隔的时间太长了吧。"

"还是不对!"正当小言吃完果子，去冷泉边洗手之时，他突然又想到刚才自己这解释实在勉强，大有不通之处，"再怎么说，在这来了还不到一个月的罗浮山中，也不会有给我报恩的鸟兽啊! 嗯! 只有一点可以肯定，那便是昨晚隐约瞅见的黑影，并不是什么无意飞过的山鸟。今晚，我再留意一下便是。"

今天是该去罗浮山下巡查田产的日子，小言去弘法殿厨房之中取了些干粮点心，便一路下山去了。

罗浮山上清宫在山下的传罗县境拥有良田千顷，俱是上好的田地。他这位上清宫四海堂的堂主，便在田边地头，优哉游哉地晃荡了一日。累了便寻一处树下阴凉，倚着树干打瞌睡。待日头偏西之时，小言便踏着夕阳，又回到了罗浮山千鸟崖上。

照例，入夜月明之时，小言又在石坪打坐，炼化他那太华道力。今晚这修炼尤其重要——为了找出不速之客的真面目，必须保证自己精神十足！

细心的小言刚从山下回来之时，便已将自己石床上的被褥，存心摆成了有人睡在里面的模样。眼见着月已西移，夜渐深沉，小言便虚晃一枪，装作回屋睡觉，却在门扉一开一合之时，暗暗念起那水无痕的隐身咒，瞬息间他的身影便遁迹无形！

门扉已经慢悠悠地合上，但这间四海堂正屋的住户却已然留在了屋外。

现在，他正隐身倚在石屋西南角的一棵古松树上，时刻留意着屋前有没有啥异状。

昨夜那个不速之客，并没让小言等多久。

就在月影悄然移到中天之时，小言清楚地看到，从千鸟崖下山石道旁的竹林中，正有一个人影轻手轻脚地走了出来，走上这洒满月辉的石坪。

"那是……"虽然现在已是沉沉深夜，但月色甚明，借着皎洁的月华，小言清楚地瞧见了那个人影的模样。

终于看到夤夜送果之人是谁的小言，微微叹息了一声，他那原本隐匿在空明之中的身形，渐渐浮现在月影斑驳的松荫之下。

此时，那个夜来之人已经走到一只石鹤跟前，又要踮着脚将一串朱果挂到石鹤嘴上。

"琼容。"小言轻唤一声。

"哎！"小姑娘应声而答。

忽听得啪嗒一声，小姑娘手中正要挂到鹤嘴上的果实，掉落在石坪之上！

原来，踏月而来之人不是别人，正是罗阳山道上与小言依依而别的小女孩琼容！

此刻，琼容正像一只受惊的小鹿一般，转身便要向山下逃去。只是，等定了定神，看清突然呼她名字之人正是那个自己追寻的大哥哥，便又止住了挪动的脚步。

月色分明，琼容那张稚气未脱的脸上，现在却是一脸惶然。小姑娘像做了什么错事被突然发现一般，跟已来到面前的小言怯怯地说道："我、我不是故意让你看见的！"

也许是月光清寒，小言看到琼容那原本圆鼓鼓的脸蛋，很是清减了几分，而她身上的衣物也尽露褴褛之状。

见琼容一脸惶恐，小言心下更是酸楚，勉强挤出一丝笑颜，柔声说道："琼容妹妹，真没想到你能来看我，哥哥很高兴呢！"

"真的吗？琼容偷偷跑来找你，哥哥不生气吗？"

"当然不生气！高兴还来不及呢！"

这倒是实话。现在小言心中，便似是放下了一块久悬的石头，觉得无比轻快。虽然，日常之中并不察觉，但看他此时的这份轻松解脱，便可知道，这块石头一直沉甸甸地横在他心头。

听得小言的话语，琼容露出了真心的笑容。

只不过，小姑娘似突然想起了什么，蓦地惊呼一声："呀！刚才不小心，那果实摔烂了！"

原来琼容突然想起，那串好不容易找来给哥哥吃的朱果，已经掉落在地上，一时间心疼无比。

"这个先不管它。外面寒凉，还是先回屋再说！"

此时已是暮春初夏的季节，虽然夜色深沉，但实在算不得寒凉。只是，看着千里来寻自己的琼容，现在小言心中充盈着一种莫名的柔情。当下，小言便将琼容带进屋内。

山居小屋之中，青灯如豆，烛影摇红。在烛光摇曳的温暖石屋里，琼容那似乎沾满烟尘的玉靥上，也染上了一层红晕。

"哥哥，你真的不怪琼容自己跑来找你吗？"

"当然不怪！怎么会怪你这么可爱的小妹妹呢？这可是哥哥的真心话哦！呃，对了，罗阳离这儿有千里之遥，琼容你是怎么找过来的？"

安顿下琼容，小言终于说出了这个刚刚一直萦绕心头的疑问。

"是哥哥告诉我的呀！"

"啊?！我告诉过你？"小言大奇。

"嗯！哥哥身上有种琼容很喜欢、感觉很亲切的味道！我一路闻着，就找到了！"

"……"

琼容小姑娘说话还是有些夹缠不清，但小言总算明白是怎么回事了。

琼容毕竟不是人类，恐怕是有些异于常人的特异之处。

"后来，到了这大山里，又有别人告诉我哥哥住的地方。"

"谁?"小言警觉起来。

"是好看的长尾巴红鸟啊！"

"……"

"嗯！见到哥哥，知道哥哥不生气，琼容很开心。那我就先走了。"

说着，小姑娘便站起身来，竟似要离去。

"咦？妹妹为什么要走呢？不和哥哥在一起吗?"

"琼容很懂事的！在这大山里，琼容看到很多好凶的道士，都说要捉妖怪呢。哥哥没骗我，这儿真的很危险！

"如果我这个妖怪，赖在哥哥身边，那些道士便也要对哥哥不好了！

"我还是去竹林里藏着吧。以后天天夜里都来，送好吃的果子给哥哥吃!"

"……"

听着小姑娘真心的话语，看着她那双纯净无瑕亮若星辰的眼眸，小言这个向来旷达无忌，习惯了市井之中种种卑颜屈苦，早已忘了啼哭为何事的刚强少年，现在却觉得鼻子里一酸，双眼之中竟蒸腾起一层朦胧的雾气。

"哥哥……琼容还是惹你生气了吗?"看到小言这样，惶恐的小姑娘手足无措。

"没！哥哥怎么会生你的气呢？从今天起，琼容你就跟在哥哥身边！明天，就是明天，我便去和掌门说，我这个四海堂堂主要收下第一个弟子!"

正是：

惟将终夜长开眼，报答平生未展眉!

第二十一章
清襟凝远，当大计而扬眉

在罗浮山抱霞峰人迹罕至的千鸟崖上"清修"了这么多天，原本惯于奔走于市井之间的小言似乎受了天地灵气的浸润，涤去了原本浸渍于骨髓之中的烟尘之气。

只是，在这个月柔如水的夜晚，见到一身风烟之色的琼容，小言深埋于血液之中的豪侠之气，不可抑制地爆发出来。

"我这四海堂堂主，便要收下第一个弟子！"这铿锵有力的话语，撞在山屋石壁之上，嗡嗡作响！

"从现在起，你便不是一个妖怪！"小言俯身对这眼前的琼容，一字一顿地认真说道。

"嗯！哥哥说琼容不是妖怪，那琼容就一定不是妖怪！"

"好！明天，我便带你一起去禀明掌门，让你成为四海堂中的一名弟子。"

"嗯！只是……为什么要做弟子呢？我只要能天天夜里来看哥哥就行了！"

"因为我要我们兄妹二人，都堂堂正正地留在上清门里！"

琼容小姑娘其实并不甚明了小言话中的含意,但这又如何呢?对她来说,只要知道自己喜欢的大哥哥,真心要留自己在身边,便心满意足了。

琼容已在小言那张床上睡着,小言则在旁边一张竹榻上躺下。

石床之上心思单纯的小女孩,像往日在山野之中那样,觉得已经找到一个最为安全的睡处,很快便沉入香甜的梦乡。

几缕皎洁的月辉,从窗棂中漏了进来,正涂在她犹带浅浅笑容的面庞上。

琼容睡得香甜,小言却难以入眠。

躺在清凉的竹榻上,小言睁着双眼,盯着幽暗的屋顶。他正在心中紧张地筹划着,想明日该如何与灵虚掌门应对。

在上清宫这么多天,对这个天下第一教门的风气他已算是颇为熟悉。虽然方才经过一番筹谋,拟了一个还算合理的说辞,但小言深知,明日自己要面对的,可是高深莫测的灵虚真人。这么说吧,明天要做的事情,他可是一分一毫的把握都没有!

想到此处,小言转脸看了看正自熟睡的琼容,小女孩那张稚气未脱的俏靥上正带着一丝甜美的笑容。这丝浅浅的甜笑,看在小言眼中,觉得是那样恬静。看着这样无忧无虑的笑颜,小言那颗紧张不安的心,也似乎随着平和的呼吸之声渐渐安宁下来……

"嗯,明天便顺其自然吧。"这样想着,四海堂的少年堂主小言也慢慢沉入了梦乡。

第二天一早洗漱完毕,小言便带着琼容准备去飞云顶上的上清殿拜见上清宫掌门灵虚子。

不过,让琼容小姑娘感觉有些奇怪的是,她这个大哥哥忙活着向怀中揣上了几本书册,又将一支白石头笛子别入腰间,最后还拿起一把不起眼的钝钝的大剑紧紧握住,闭目念念有词了几句,说了些奇怪的话,然后便将剑斜背在身后。

"小言哥哥,那掌门离这儿很远吗?"琼容觉得她的大哥哥似乎是要出远门的样子,带上了好多东西,就有些奇怪。刚才,在冷泉边洗脸的时候,小言将自己的名姓告诉了琼容。

"嗯,倒不是很远。不过哥哥喜欢把这些东西都带在身上。"小言答道。

待嘱咐过琼容几句要紧的话,便要起程。只不过,临出门时,小言迟疑了一下:"要不要先跟陈子平说一声?毕竟他知道琼容的本相。"

略一思忖,小言还是决定:不用了。

"今日这个'妖怪'弟子,我是收定了。或早或迟知会那陈道兄,又有什么分别?还是要先得到灵虚掌门的首肯。行便行,不行便罢了!"

于是,小言在前面引路,琼容在后面形影相随。这一大一小两个少年男女,便往会仙桥迤逦而去。

途中山道上,正在小言左右蹦跳不停的小姑娘琼容,忽地扑闪着那双大眼睛问小言:"小言哥哥,为什么一定要去开了那个什么掌'门',琼容才能当你的徒弟呢?"

"妹妹啊,掌门虽然叫门,却不是门,不能开的。他是……"正当小言跟这个不谙世事的小姑娘费力地解释着此行的目的地时,前面狭窄的山道上走来两名上清宫女弟子。

"呃……怎么又会遇上她!"

原来远远走来的两名女弟子中为首一人正是前几日害得自己跌了一跤的杜紫蘅!

正待牵着琼容避在道旁,却不防杜紫蘅二人已来到面前。

"咦？这是谁家的孩子？为何跟你在一起?!"

面貌娇俏的杜紫蘅脸上冷若冰霜，一脸狐疑地看着小言。

"呵！她是我昨日在罗浮山下遇到的一个孤儿。她现在孤苦无依，正要入我四海堂门下。"

"真的?"杜紫蘅这简短的两个字，却似在怀疑之水中腌过好几年，脸上更是写满"不信"二字！

这名素来为长辈所喜、为同辈所尊的灵真子的得意女徒，看着琼容那身小言特意保留的褴褛衣物，还有那张一看便知不谙世途险恶的面容，便不由得认为：这个可怜的小女孩，一定是被这个曾在酒楼中做事的不端之人给哄骗了。

什么"加入四海堂"，那只不过是个幌子，以后他还不知道要用什么龌龊的法子来害这个可怜的小姑娘呢。

向来心气甚高的杜紫蘅，越想越觉得自己的推断合理。当下，她便沉下脸来，毫不客气地冲小言说道："且不管这位姑娘从哪里来，现在你又要带她到哪里去，既然让我遇到，便先让她跟我回紫云殿去。待禀过灵真师尊后，再行论处。"

说完，她便伸手去拉琼容的手臂，要将这个"落入虎口"的小姑娘，从眼前这个危险的男孩子身边解救出来！

"晦气！"小言心中暗叫倒霉，心说怎么一大早便让他碰上这个难缠的人物。难道今日不利出行？

杜紫蘅要将琼容拉走，小言当然不允。这个心地单纯的小姑娘若是被弄到紫云殿中去，还不知道会露出什么马脚，惹出什么乱子来呢！

当即，小言便将琼容护在身后，对眼前正义感十足的杜紫蘅说道："请你相信，这个小姑娘确实是自愿加入我四海堂！现在，我正要带她去禀过掌门师尊。"

很可惜,张堂主完全合理的解释,听在那名已经先入为主的杜姑娘耳里,却只觉得通篇都是谎言。

"嗯!这位大姐姐,小言哥哥从来不骗人的!"大致明白了怎么回事,正极力藏在小言身后的琼容现在也开口为小言说话了。

同样,小姑娘情真意切的证言更让这名自信的女弟子相信,正有一桩坏人哄骗小女孩上当的悲惨事件,真真切切地发生在自己眼前!

当即,便听杜紫蘅招呼道:"黄苒师妹!帮我一起把这小女孩带走!"

"这位杜道友,请住手。我说的都是真的!"小言一边护在琼容身前,一边再次请求杜紫蘅相信他的话。琼容小姑娘也非常机灵乖巧,在小言身后不住地闪躲腾挪,只让杜紫蘅抓不着。

不过,自以为已经了解事情真相的杜紫蘅,却将自己抓不到小女孩的原因全都归咎于小言故意阻挠。当下,便见一向极少受到挫折的上清宫年轻翘楚杜紫蘅停下手来,脸上似笑非笑,冲小言说道:"难道,张堂主还要跌上一跤不成?"

也不等小言答话,便见她嘴角微动,就要再次施展旋风咒,以便将眼前的可恶之人小言刮跑!

就在这时,她旁边那个黄苒师妹却突然惊恐地发现眼前寒光一闪,接着她这个杜师姐便突然全身抽搐、脸色发青发白,两弯原本淡若春山的青黛之眉霎时覆上了一层雪白的冰霜!

还没等她怎么反应过来,便看到突然出现异状的杜师姐已经停住了颤抖。紫云殿法力高强的杜紫蘅,脸上正闪着一层冰光,浑身一动不动,僵在山道之上,静若泥雕木塑!

虽然,现在正是初夏天气,山道上也是阳光灿烂,但站在杜紫蘅身旁的

紫云殿女弟子黄苒却觉得有一股寒气腾地从脚底冒了上来,全身都似坠入三九冰窟之中!

"你、你……你用妖术!"这一声打着战的惊呼,正是从浑身打着冷战的黄苒口中发出的。黄苒也和杜紫薇一样,先入为主地认为曾供职于酒楼的小言不学无术,结果在这光天化日之下,却突然见小言瞬息之间便让自己法力高强的杜师姐冻得如同冰人一般。如此迅如鬼魅的施法,如何不让她认为,杜师姐是中了小言的妖术?

此时,这名法力并不弱的上清宫女弟子黄苒在惊恐之下,竟忘记要去攻击施展"妖术"之人了!

听得黄苒这声惊呼,小言却是哈哈一笑,然后朗声说道:"黄苒师侄,方才莫不是我听错了? 怎么似乎有人在说,我堂堂上清宫四海堂堂主,竟在使用妖术?"

小言这话说得字字清晰,直入黄苒耳中,黄苒这时才突然意识到,眼前这毫不起眼的新入门弟子,还是四海堂的堂主!

这上清宫虽然居天下清修教门之冠,但再怎么说,也还是身在人间。受了当时尘世习俗的影响,教门之中的长幼之序还是非常讲究的。方才杜紫薇攻击尊长之语,是不合礼法的。于是,看着眼前突然一扫颓气,露出一脸古怪笑容的小言,黄苒心中蓦地冒出一个可怕的想法:这个才入道门不久的山野少年,难免戾气犹存,这次会不会借机便将杜师姐杀死……

大难临头,黄苒反而镇定了下来,急促但清晰地跟小言求道:"张堂主,请手下留情,放过……"

刚说到这儿,请求却突然换成惊叫:"你要干什么?!"

原来,眼前这个张堂主,似乎根本没听她说话,旁若无人地将双手抚上杜师姐如覆冰雪的额头!

还没等黄莘反应过来,却见已被冻得脸色青白、僵硬不动的杜师姐突然间嘤咛一声,然后便软软地瘫倒在道旁!

"你对她做了什么?!"

"没做什么。你杜师姐现在感觉很冷,你最好将她移到太阳底下。"

小言方才双手抚上杜紫蘅的额头,正是在运转体内的太华道力,将冰心结的法咒解除。夜捉吕县令的饶州张小言,又岂是那只知逞一时之快的莽夫! 方才出手,固然是迫不得已,但也是仗着自个儿会冰心结的化解之术,才敢放手施为。

小言刚才瞬间冻结杜紫蘅的法术,正是他来罗浮山前,跟龙女灵漪儿学的。平日在千鸟崖上无聊之时,仅会这几种法术的小言,当然要大练特练了。他屋旁千鸟崖岩间的冷泉之水,早已不知道被他这位张堂主冻过多少回了!

不过,灵漪儿当时授法时,并未教他化解之法,因为她本来就没学!

以灵漪儿四渎龙女的公主脾性,将人冻就冻了,怎还会劳神费力去想那破解之法? 倒是张小言在崖上清修,万般无聊之际,偶然一运太华道力,刚被自己冻结成的晶莹剔透的冷泉冰柱,居然便似沸汤渥雪,应手而化!

当时小言觉得大为新奇,赶紧大试特试,将这一手化冰之术早已练得炉火纯青。

只不过,虽然两个法咒他练得熟练无比,但一直也没机会在别人身上练手。今日这杜紫蘅便恰好触了霉头。

不过,初见冰心结的巨大威力,小言心中也是颇为凛然:"没想到这法术用在人身上,威力竟是如此之大,灵漪儿那小丫头,居然还担心这法术不灵! 不过,以后倒也不可掉以轻心,方才或许是因为杜紫蘅未料得我竟会抢先动手。嗯,以后一旦对敌,一定要记得先下手为强!"

这时,和杜紫蘅交好的黄苒也明白了过来,方才张堂主举手之间解了师姐所中的法术。听了小言的话,她便赶紧将兀自浑浑噩噩的杜师姐半扶半拽挪到道旁,让她倚在一块夏阳照耀的青石之畔,自己则在一旁紧紧搀护。触手传来阵阵冰寒,让她这个在法术上向来也是自视颇高的上清宫弟子惊心不已!

看到这一情形,小言现在倒有几分歉意。看来,以后这冰心结的法术,不到万不得已,还是尽量少施用为妙。

小言这么想着,正准备与琼容一起上路之时,却突然听得有人急急叫道:"蘅妹,你这是怎么了?"

小言赶紧回头看,却见一面容俊朗的年轻道人正奔到杜紫蘅和黄苒身旁,急切地询问杜紫蘅出了什么事。

小言抬眼仔细观瞧,却见年轻道人一身月白道袍纤尘不染,生得俊眉朗目。这个俊雅的上清宫弟子,不是旁人,正是陈子平素来景仰的大师兄华飘尘。

华飘尘是弘法殿住持清溟道长首徒,资质出众,一身艺业据称已得清溟道长真传。华飘尘和杜紫蘅走得挺近,两人是好朋友。现在他见自己的同门好友面色苍白、精神委顿,浑身软靠在青石之上,如何不着急?

看有旁人到来,小言倒也没有一走了之,而是拉着琼容来到三人面前。还未等华飘尘开口,小言便以目示意,让黄苒告诉他方才到底发生了何事。

说起来,黄苒面貌姣好,天资聪慧,虽然没有杜紫蘅出众,但也深得紫云殿师尊灵真子喜爱。杜紫蘅与她交好,两人也算是惺惺相惜。只不过,她这个心气颇高的修道之人,方才见识了小言的雷霆手段,原本满腔的轻蔑全都化成了一个"怕"字……

当下,虽然有些吞吞吐吐,但她还是将方才冲突的前因后果,如实说给了弘法殿大师兄华飘尘听。

听黄苒说话的同时，小言悄悄将琼容护在身后，身体里那股似乎可以消化万力的太华道力已暗暗在体内流转不息。

等黄苒叙述完，小言暗自防备之时，却见华飘尘蓦然站起，转身和小言直面相对。

那一瞬间，小言体内那股太华道力虽然还按照原来的轨迹不紧不慢地悠然流动，但小言却已将警戒之心提到了最高限度。

正当小言暗防着华飘尘暴起发难之时，却见华飘尘竟儒雅地深深一揖，诚恳说道："方才是紫蘅师妹不对，不合冒犯阁下之威，还望张堂主宽宏大量，不要让灵真师尊知晓。"

这话一出，小言倒有些讶异，已然恢复神志的杜紫蘅，还有黄苒，却从向来老成持重的华师兄话语中意识到了问题的严重性。若是年轻气盛的张堂主真告到灵真师尊处，即使她再喜爱她们这两个得意女弟子，恐怕也少不得要惩处一番，到那时她们这两张薄面却要往何处搁?!

到底还是华飘尘大师兄心思敏捷，一眼便瞧到这关窍之处。虽然小言从未起寻事之心，但这几个后辈弟子现在却必须要考虑到此节。

小言也算是心思玲珑之人，一听华飘尘这话，顿时明白了他话中之意。刚要习惯性地谦声作答，话到嘴边，转念一想，却只是淡淡地说道："嗯，华道友不必多虑，本堂主岂是那斤斤计较之人。现在我正有些事，要去见灵虚掌门。不便多叙，这就告辞。"

说罢，袍袖一拂，携着琼容的小手，飘然而去。

"恭送张堂主!"华飘尘在二人身后执弟子礼，谦恭地送别。

见华飘尘如此谦恭，倒让表面上看似淡淡然的小言心中有些不安之感。只不过，分开缥缈的云气，走过会仙桥之后，小言转念一想："呵! 想我张小言,虽然没甚本事,但于这些个剑走偏锋的路数,却也是见得太多了,于这上又惧得何人? 何况,今日之后,不知道自个儿还是不是这上清宫之人呢!"

　　这么一想,久践于烟尘、受道门教化没多久的饶州少年小言,又是豪气满怀,望着迎面而来的巍峨山石,对身旁的琼容大声说道:"琼容妹妹,咱们这就一起去打开那道掌'门'!"

　　"不对哦,哥哥!"

　　"呃?"

　　"哥哥,那掌门不是能打开的房门啦。掌门是我们上清宫里最厉害的人,只有他喜欢,琼容才能留在哥哥身边!"

　　天真无邪的小姑娘,一本正经地纠正着小言哥哥的错误。

　　"……琼容越来越懂事了!"小言也一本正经地回答。

第二十二章
英风涤荡，消散一天云霞

一路行走，没过多久，小言和琼容二人便登上了飞云顶。

这飞云顶，琼容却是初来。乍登上这绝顶之峰，看到这么大一片广场，饶是她喜欢玩闹，却也被眼前接天绝地的气势，震得一时说不出话来。小言虽不是初见，但心中依旧觉得震撼。

走向上清殿的途中，经过广场中央戊己方位硕大的太极石盘时，望着太极阴面似乎永远流转不息的水流，小言心中忽有所感，便站定下来。

现在，自己所在的飞云顶和天顶的苍穹竟是如此接近，天幕上乱云飞动，如万马奔腾。但在看似近得逼人的天际云端，又高翔着几只几乎看不清的飞鸟，它们正傲然俯视着苍茫的大地。

仰头看着浩荡无涯的云天，似乎从来无所畏惧的小言，第一次感觉到，在亘古不变的悠悠天地面前，他这个小小的少年是何等渺小……

"罢了，我等尘世之人，也只不过是那朝不知夕的蜉蝣罢了！"仰望高高在上的云天飞鸟，自感天地无穷的小言一时间竟有些心灰意冷。

正当小言被天地威压逼得恍恍乎不知所以之时，却忽听得耳边一声轻唤："哥哥，你在看什么？"

是琼容见小言哥哥只是呆呆地看着天上，一句话不说，便觉得好奇，扯了一下他的衣袖，出言相问。

听得琼容这一声轻唤，如中魔魇的小言这才醒过神来。定了定心神，温言说道："哥哥在看天上的鸟儿呢，它们飞得真高啊！"

"嗯！它们真厉害！我也好想有一天能像它们一样，飞上天去，便可扯下一段云彩来当被子盖！嘻！"说罢，满心憧憬的小女孩嘻嘻一笑。

正有些恍惚的小言看到琼容一笑之下，眉眼弯成了两道新月牙。纯真无瑕的甜美笑容，让刚刚还有些心气低沉的小言，忽又振作起来："便为着千里来寻我的小姑娘方才那盈盈一笑，我张小言今日也要拼上一拼！"

恢复常态的小言，携着犹自浅笑盈盈的小姑娘，迈步朝上清观深幽的观门走去……

临近观门之时，小言又将需要注意之处，跟琼容细细交代了一遍。看着他这般郑重的神情，再想到一路上听到的言辞，乖巧的小女孩也知道这一次关系重大，便忽闪着明亮的大眼睛，将小言的话语牢牢记在心里。

来到观门前，小言便请守门的小道士进去通报一声，说四海堂堂主有要事求见。

那名小道士认识小言，当下不敢怠慢，赶紧进去替他通报。

不一会儿，小道士便走了出来，跟小言说道："掌门师尊正在见客，不过他说你现在便可入内，去内殿西侧的澄心堂见他。"

小言谢过小道士，便带着琼容走进上清观的大门。

刚进观内不久，走在甬道上，小言便听到前面内殿之中，传来阵阵低嗥之声，似有野兽正在低低咆哮。

"是大老虎！"琼容一听这声音，便兴奋地拍起手来！

"咦?"按照守门弟子的指引，小言奇怪地发现，自己这一路向澄心堂行去,先前听到的低低虎啸之声,现在竟越来越响!

等到了那挂着"澄心堂"匾额的堂舍,进去之后,却看到灵虚掌门正与一位袍袖飘飘的老道人交谈,那位红脸膛、络腮胡的高大道人身旁正半伏着一只白额吊睛猛虎。猛虎潜伏着爪牙,正在烦躁不安地低低咆哮!

看掌门跟红脸道人说话的口气,老道人大概并非上清宫之人。见有客在,小言便知趣地避在一旁,暂不上前行礼说话,却忘了他身旁还有个满心好奇的小姑娘!

只见小琼容一见到那只大老虎,小手便忍不住滑出小言的手掌,欢呼一声,竟朝一直低啸不止的猛兽冲了过去!

"呀!"一个不察,便眼睁睁看着粉妆玉琢的小姑娘一路朝那只凶猛的野兽雀跃而去!

正当两位道人愕然,小言又要施展冰心结之时,却见那只一直低啸的兽中之王,在小姑娘靠近之时,竟突然停了口中的咆哮,止住了挠地的爪牙,变得像一只温良的猫儿一样,眯缝起一双虎目,任天真烂漫的小姑娘将那皙如琼玉的小手,抚上它一身威风凛凛的皮毛!

"哈哈!"正当小言松了一口气时,却听高大道人突地哈哈大笑起来。

只听他对着面前的灵虚子夸道:"灵虚真人!方才你还不太相信,你看,我这三天前刚收服的虎儿,是多么驯良!过不了多久,我便要将它当坐骑!哼哼,贫道这'伏虎道人'的称号,可不是信口胡吹的!"

"……赵真人果然道法高强,居然有这般伏虎之能,真叫贫道佩服佩服!"

"咳咳,请叫我'伏虎真人'!"

"……"

正在两位相熟的高人对答之间,小言这位四海堂堂主在一旁却有些心

急火燎。虽然看起来琼容似与这些禽鸟走兽甚是厮熟,但万一这只老虎突然凶性大发,那也真个不是耍子。

当下,小言便顾不得是否失礼,赶紧上前要将兀自依依不舍的小姑娘从老虎旁边拉回。

谁也没注意到,就在小言趋近那只猛虎之时,桀骜不驯的万兽之王竟悄悄往后瑟缩了一下!

"哈哈!看来今日倒颇宜驯兽,那老道便就此告辞!"

"赵真人——"

"请叫我'伏虎真人'!"

"呃!伏虎真人,莫忘了贫道相托之事!"

"那是自然!我伏虎真人却也要看看,到底是哪路神圣,敢来罗浮山示威!"

"那就多劳费心!"

"哪里话,告辞!"

说罢,这位红脸道人便喝起他那只正乖若猫儿的猛虎,就此飘然而去……

"想不到赵道兄已能在短短几日内降伏猛虎,看来道行又是精进不少!"

"掌门所言甚是。"小言在一旁附和,却在心中想道:"昨日自己筹划收留琼容之事,是不是忘了还有另外一个法子。"

正当灵虚子口中称赞,小言心中思量,琼容咬着指头怅望门外之时,却忽听得上清观外传来一阵咆哮叱骂之声……堂内之人面面相觑,俱都不明所以。

倒是灵虚掌门先开口问小言:"道友此来有何事相告?"

"禀过掌门,弟子昨日下山巡查田亩,在乡间发现这个孤苦无依的女孩。

弟子见她无所依附，又颇有慧根，愿入我道门修行，便斗胆请掌门师尊示下，准许弟子将她收入四海堂中。"

字斟句酌地说完，小言紧张地留意着灵虚子的反应，一时竟不敢与他直面相视。

……

漫长的等待后。

"就这事？"

"嗯？"

听得掌门师尊这句话，小言大为惊讶，抬头望向上清宫的灵虚真人，一时竟不知他这话是何用意。

"我是说，小言你是我上清宫俗家弟子堂一堂之主，收录门徒之事，只要你这堂主自己决定便行，不必来问我。"

"啊？！"

正准备担下一天风波的小言，听得掌门这一席话，脑子都似乎打起结来！

倒是琼容正是天真烂漫，听了灵虚子这一席话，当即便拍手雀跃道："太好了，那便让他收琼容做妹妹吧！"

听得小姑娘天真的话语，又见小言目瞪口呆，上清宫掌教真人灵虚子却似是看透了他心中所想一般，微微一笑道："小言啊，既然我上清宫委任你为四海堂堂主，这堂主之位便绝不是一个虚职。你既是堂主，便与灵庭、灵真诸位道友一样，在自己职司范围之内都有专断之权。

"只不过，我上清宫向来择徒甚严，入门弟子除了家世必须清白，本人的资质，也需上乘——以后四海堂中若是再入新人，张堂主你可要严加考察……"

只不过,灵虚真人这后半句话却似是白说了,堂堂的张堂主已是大喜过望,后面的话早已听不清了,只在那儿不住点头称是!

"嗯,本来这女弟子,都要去那紫云殿中……"

刚说到这儿,琼容就嚷了起来:"我只要跟哥哥在一起!"

"呃,也好,反正你现在还小,便先留在四海堂中吧。张堂主现在便可去擅事堂清云那儿,将她登记在册,顺便也领些银钱,给这位小道友买两身换洗衣服……"

"好的好的!"现在,少年堂主张小言已经不知道说别的词了。

"如果没有其他事,那张堂主便带这位小道友去擅事堂登录吧。"

"好的好的!"

正当张堂主如在云里雾里,脚似踩在棉花堆上,就要出澄心堂之时,忽听得身后灵虚掌门突然沉声说道:"张堂主!"

听到这突如其来的低沉声音,张小言的第一反应便是想假装没听见,赶紧拉着琼容飞逃出上清观观门!

只是,小言还是停了下来,定了定心神,回身缓缓说道:"弟子正要遵照掌门所言,去擅事堂办事,不知还有何事?"

"你……曾跟清河学过道法?"

"……"许是这几个转折都来得太快,原本神思淡定的小言一时竟愣在当场,只在那儿思索:"青河?清河?清河是什么?怎么觉得说得这般顺口?"

稍停了一会儿,小言才终于反应过来:"哦!原来便是那个专来我家骗酒喝的惫懒老头儿啊!灵虚掌门似乎对那清河老头儿颇有成见,他现在如此问我,却不知是何用意?"

虽然心中担着心,但面对灵虚子这样的发问,小言还是毫不犹豫地回答:"是的,清河道长曾传过我一些道法。我的那本上清典籍《上清经》,便是

承蒙他所传。"

瞧灵虚掌门先前那个声气,清河老头儿曾给自己的那本什么《镇宅驱邪符箓经》,自然是略去不提了。

"唔……不过道法并非术法,那你便好好研习吧。另外,这个小道友,灵气逼人,以后崇德殿讲经之时,小言便可多带她前去听听。"淡淡地说完这几句,灵虚掌门便不再说话,竟开始闭目养神起来。

"多谢掌门教诲! 今日多有搅扰,弟子这便告辞!"

小言唯恐夜长梦多,赶紧告辞一声,拉着犹在兴味盎然观察灵虚子胡须的琼容急急走出门去。

"唔……"身后传来一声迟到的应答,听在小言耳中,似乎有些虚无缥缈,直让他一路不住地思索,刚才那一声是不是只是自己的错觉……

待出了上清殿的大门,又来到飞云顶阔大的广场上时,这两名少男少女发现头顶天穹之上,金色的阳光已经刺透云层,将几道金辉缭绕的光柱投在二人身上。小言与琼容的衣襟,被染得流光溢彩,似天上的金霞飘落在二人身上。与飞云顶遥遥相对的抱霞三峰,现在也被几道通天彻地的金色光华映照得通体明彻,浮动于奔腾涌流的山间云岚之上,似黄金翠玉堆成的仙岛一样。

看着眼前造化非凡的天地奇景,想着方才让人喜出望外的赏心乐事,四海堂堂主张小言顿时意气风发,对身边的琼容大声说道:"走,咱回家去!"

"嗯! 回家去,回家去!"

这正是:

朝对妖娆友,

夕观浩渺霞。

天真长乐道,

便是神仙家!

图书在版编目(CIP)数据

　四海为仙2：神秘小狐仙 / 管平潮著.—杭州：
浙江文艺出版社，2021.8
　ISBN 978-7-5339-6536-5

　Ⅰ.①四… Ⅱ.①管… Ⅲ.①长篇小说—中国—当代
Ⅳ.①I247.5

　中国版本图书馆CIP数据核字（2021）第115413号

选题策划　关俊红
责任编辑　关俊红
营销编辑　宋佳音
封面设计　仙境 WONDERLAND Book design
版式设计　吴　瑕
封面绘图　谭明–ming
内文绘图　何故识君心
责任印制　张丽敏

四海为仙2：神秘小狐仙
管平潮　著

出版　浙江文艺出版社
地址　杭州市体育场路347号
邮编　310006
电话　0571-85176953（总编办）
　　　0571-85152727（市场部）
制版　浙江新华图文制作有限公司
印刷　杭州杭新印务有限公司
开本　710毫米×1000毫米　1/16
字数　150千字
印张　11.75
插页　2
版次　2021年8月第1版
印次　2021年8月第1次印刷
书号　ISBN 978-7-5339-6536-5
定价　42.00元